再見，另一端的你

梁望峯

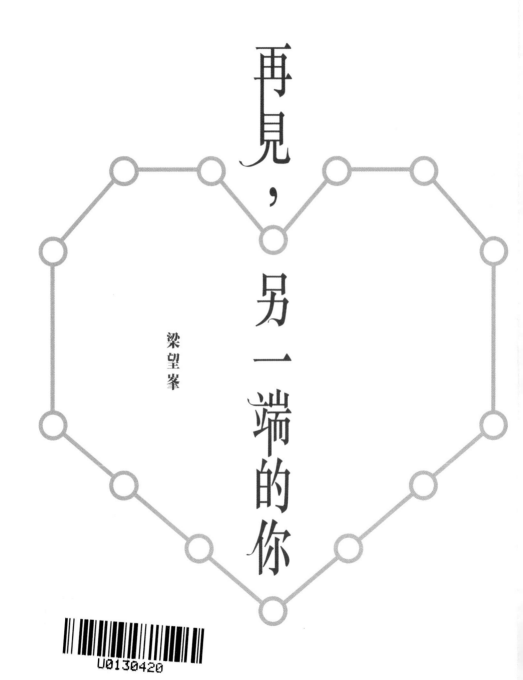

獻給思思

目錄

序幕　橫切入對方生命裏的人的最後相認　7

第 1 章　一場誰比誰更開不了口的殘酷比賽　15

第 2 章　誰都在尋覓可跟自己齒狀吻合的拼圖　29

第 3 章　我們都在自製 Out-focus 的寂寞　49

第 4 章　我們在外星人眼中也不過是外星人　67

第 5 章　最殘忍的是不愛你了仍待你最溫柔　91

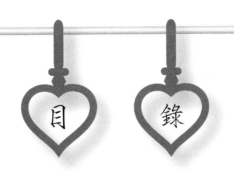

第 6 章	總是在有了希望下的 失望才教人絕望	117
第 7 章	妳沒有離開我的世界， 是我先行離開了	141
第 8 章	用水筆所寫的日記都會 不着痕迹的消失	167
第 9 章	最重要的是， 仍然喜歡或不再喜歡了	195
第 10 章	玩躲貓貓時，不要藏在 對方找不到的地方	221
第 11 章	有心靈感應不代表 就會關心那個人	247
最終章	走得再遠也無法逃避 追隨自己的身影	267
後記	一個藏着回憶和秘密的 地方，造就這個故事	283

序幕

橫切入對方
生命裏的人的
最後相認

最初的相識，
只是兩個注定要橫切入對方
生命裏的人的最後相認。

只要確信這一點，
所謂的一見鍾情也將無法成立，
一切都變成重溫對方的過程而已。

放學之後，一群女生坐在 Starbucks 內，訴說自己的感情事，氣氛逐漸傷感起來。即使各人相熟程度有異，但屬於女孩子之間的共同感觸，卻令彼此拉近了。

眾人又哭又笑，訴說着自己的愛情故事，只剩下普普一人未開口。在學校被公認最漂亮的校花藍閱山，轉頭向她微笑。

「普普，輪到妳說了。」

普普就這樣呆坐着，承受着滿桌女生期待的目光，她的頭皮發麻，兩頰一片緋紅。

普普的好友郭泡沫，素知普普害臊內向的性格，心想她一定是羞於啟齒了。正想開口幫她擋駕，普普卻開口了，她看來是鼓起了很大勇氣才說出口：

「我喜歡了一個就讀附近學校的男生。我和他的相識，是緣自一碟辣得太過分的星州炒米。」

眾女生被普普的開場白挑起趣味，靜心聆聽她的故事。

而普普也在眾人的期盼眼神下，緩緩說起這段感情，可是，說到故事的一半，她突兀地停頓下來，大家追問她，故事的後半段呢？結局怎樣了？

普普怔怔地看着她面前那杯抹茶忌廉星冰樂，深深吸了口氣，斷斷續續地說：

「本來我倆好好的，直至我發現他仍喜歡着一個對他來說很重要的女孩，瞞着我跟她來往……我已經不知道，不知道故事是否被逼提前結束了？」

女生們聞言，也表現出感同身受的不安與遺憾。

各人道別後，郭泡沫與普普同行。郭泡沫可算是普普最親近的朋友了。她問普普：「怎樣了？妳不再喜歡小任了嗎？」

小任是班中各人對任天堂的暱稱。

普普聳聳肩後微笑，「自從他跟楚浮在一起，我已經不再胡思亂想了。」

「也對，這是一種解脫。況且，小任太受女生歡迎了，他根本不適合妳啊！就算真有機會跟他在一起，妳一定會很痛苦。」郭泡沫總愛發表她的愛情理論，她蠻有信心地猜想着說：「我相信，妳喜歡的那個男生，一定是很內向、一天也說不上幾句話的宅男吧？」

普普點頭，「對啊，他很文靜，唯一的嗜好就是看漫畫。」

「他讀男校的吧？」

「妳怎知道？」普普驚異地看她一眼。

「讀男校的男生，通常走向極端化。」郭泡沫連看男生也有她的一套：「不是把自己關起來的恐怖毒男，就是打了鎮靜劑也停不下來的野猴子！」

普普神情很苦澀，「可是，無論是哪一種男生，也會變心的吧？」

「不，應該說：無論男女，誰也會變心的，分別只在於先後次序。」郭泡沫用她灰色的眼珠盯住她：「妳總有一天也會變心的，放心！」

普普衝口而出說：「我不會！」

「妳不是由喜歡小任，變心到喜歡那男校生了嗎？」

普普啞口無言，郭泡沫則露出了勝利的微笑。

當普普乘搭港鐵回家，剛好碰到下班時間，車廂內擠得滿滿的。她給壓在車廂的中央，圍着她的都是一張張陌生的面孔。她抬眼看 着車門上方那個閃着燈、顯示着所到車站站名的路線圖，當列車全速駛向此線的尾站——柴灣站，她眼前所見所想的，卻是另一條路線的尾站——荃灣站。

——那就像是她心裏的終站。

你知道嗎？
也不一定需要去想你的……

可是除此以外，
我這種人還有什麼好想的呢？

我只是個不學無術，
但十分喜歡你的無聊人而已……

第1章

一場誰比誰
更開不了口的
殘酷比賽

兩人就像進行着一場不說話的比賽一樣，
誰掉以輕心開口講話便算輸。

由於求勝心切，
兩人更加各不相讓。

這真是一場很虐心的瘋狂賽事。

1

那種感覺非常可怕。

柳樂能夠感覺到，普普正在跟他疏遠。

約普普上學前吃早餐，她推說自己頭痛沒法早起，他當然不勉強；到了午飯和放學時分，他傳簡訊給她，希望能約她見面，她又會回覆說要趕着做 Project 或學校裏有課外活動，三番四次推掉他的約會。

過去，柳樂幾乎每次開 Whatsapp，都會看見普普「在線上」，可是，近來見她的最後上線時間總在兩三小時前。他試過在電話中婉轉地問普普，她說是這個月的流動數據用光了，不能經常上網。

連帶，當兩人偶然通個電話，他也聽得出普普的語氣中有種冷漠感，說不了幾句就想掛線，拒他於千里之外。

止。

柳樂苦苦追溯，兩人從何時開始變成這樣？

他記憶所及，最遠只能去到普普從他手上接過女作家羅琳的《哈利波特》簽名本為止。

他希望是種錯覺，但他更相信自己的直覺：普普用盡一切方法在迴避他。

就在這種若即若離的心理折磨下，柳樂精神恍惚地度過了兩個星期，性格本來就有點沉鬱的他，終日埋首在漫畫世界裏逃避。

妹妹敲他的房門，問他拿DVD燒碟。她逕自在他混亂得只有電腦鍵盤和滑鼠沒有被雜物活埋的書枱上，好不容易才找到兩隻未燒錄的空白DVD。她走到門前，看見躺在牀上、舉起雙手在看漫畫的他，她問：「司徒柳樂，你沒事吧？」

「沒事，為何這樣問？」他眼睛沒離開過漫畫。

「我感應到你有事。」

柳樂聽到了這話，這才把視線轉過去，望了妹妹一眼，「嗯，我跟普普好像有點問題。」

「有點問題？」妹妹又質疑。

很多人說雙胞胎有心靈感應，柳樂真討厭什麼也瞞不過這個龍鳳胎的妹妹。

「不，該說情況危殆吧。」他頹喪下來，吐露少許內情：「從她的朋友口中得知，有個條件很好的男生，正熱烈追求她。」

「那麼，你睡在這裏幹什麼？走到她面前直問她，向她親口求證啊！」

妹妹一疊聲的問：「她是不是接受了其他人的熱烈追求？你是不是被甩了？」

柳樂乾笑，「妳不是很了解我嗎？妳知道我不敢啊！」

妹妹被他的消極弄得厭煩，她大聲地說：「我幫你問！」

「別玩我了！」

她的眼珠轉了一轉便問：「你在施激將法，鼓勵我去問嗎？」

柳樂避開話題，索了索鼻子說：「喂，妳身上的煙味很厲害，把外套往窗前掛一晚！」

「媽媽可以抽煙，為何我不可以？」她猛皺眉。

「我沒法阻止妳抽煙，只想請妳把外套保養得久一點吧。」面對驕橫任性的妹妹，他只能淡然地說：「味道臭得不行，拿去乾洗會很貴！」

妹妹不理會他，正要走出房間，柳樂叫住了她，「順手關門。」她冷哼一聲，砰一聲地猛力把門關上，嚇得他舉在半空的漫畫書也掉了，幾乎砸到自己頭上。

2

兩個星期前。

收到 Serena 從英國寄來的羅琳簽名本後，柳樂懷着非常非常興奮的心情，把書轉贈給普普。

最使他感動的是，Serena 竟可一口氣拿齊這位世界知女作家出版過的幾本作品的簽名。更驚喜的是，除了有她的親筆簽名，每一本更寫有上款，羅琳親手寫上了『普普』的英文名！

柳樂珍而重之的把小說捧在手裏，感覺簡直超現實。

由於太珍貴，把書送給普普之前，柳樂又忍不住走到文具店買來包書膠，很認真地把每本書包好。然後，他把沉甸甸的書，用最愉快的心情送到她手中。

可是，柳樂等啊等的，預期會看見普普興奮得尖叫的回應，卻一直沒出現。

相反地，就是從那天起，她好像對他忽然冷淡下來。

當然，柳樂可以當面詢問普普發生何事，但礙於那一點點很討厭的自尊，他也無法強逼自己說出質問她的話來。

尤其，他更不想逼自己面對刻意對他退避三舍的她。

另一方面，柳樂也替普普說盡好話，她大概真的很頭痛、臨近學期尾功課真的非常繁重、真的有很多學校活動把她給纏住了……每當想到這裏，他也忽然變得沉默下來。又或，比起她的沉默更不遑多讓。

兩人就像進行着一場不說話的比賽一樣，誰掉以輕心開口講話便算輸。求勝心切的兩人各不相讓。

直至有天放學後，柳樂停在紅綠燈前等過馬路時，偶然認出了站在他身邊的，是普普的同學。

雖然，柳樂和普普的學校只相隔一條街罷了，但由於彼此都不願被同學發現這段戀情，他們總是約在距離學校五分鐘路程的一間二樓麥當勞相見。他經常在落地玻璃窗前，俯視着普普和那女生同行，直至兩人在麥當勞門口道別。

多見她幾次，再加上那女生比一般女生養眼，樣貌很好辨認，所以，他頗確定就是她。

柳樂考慮了幾秒，硬着頭皮向她開口攀談：「不好意思，我想問問，妳是普普的同學嗎？」

「對啊。」女生看了柳樂一眼，靜默兩秒就哦的一聲，恍若想起什麼，高聲地喊：「你就是那個讀男校的毒男！」

柳樂不知該作什麼反應。

女生好像說溜了口，卻似乎沒感到不好意思，她揮揮手笑了，「你就是普普的男友吧？」

他含糊地應了一聲，很可憐啊司徒柳樂，連自己到底是不是普普的男友，居然也不確定。

女生用灰色的眼珠斜看着他，彷彿知道他向她冒昧地打招呼是意有所圖：「我知道，你一定是想問我，普普近來生活得如何。」

柳樂像喝着一碗廿四味般苦澀，但女生說的不是問句，而是確定式的句子。被一個陌生的女生識破心裏的想法，他只好老實地點頭。

「她過得很好，你大可不必擔心。」

柳樂想鼓起最大的勇氣去問她，身為她的朋友，知不知道普普為何要避開他？

可是，那些話都卡在喉頭，硬是沒法順利說出口。

料不到的是，在紅燈轉綠色前的一刻，女生開口解答了他說不出口的問題：「雖然，我不知該不該私自說出來，但我相信你也有權知道。」

柳樂看着女生，她雙眼卻一直瞧着前方馬上就要轉的綠燈，並沒有正眼看他。

「有個條件很好的男生，正熱烈追求普普。」

＊＊＊＊＊

傍晚時分，當柳樂呆想着女生那句說話，整整一個星期也沒響過的手機，忽然間石破天驚的響起。

他心裏燃起希望，急忙把平鋪在胸前的漫畫書撥走，從牀上跳起來，抓起放在枱燈前的手機一看，登時目瞪口呆。

手機上的來電顯示，是從家裏客廳打來的電話。

他憤憤地接聽，「妳打給我幹嘛？」

「司徒柳樂，我不敢打擾你看漫畫嘛！」妹妹的聲音彷彿有種報復的笑意，「母親今晚又打麻將，不回來煮飯。我去買外賣，你想吃什麼？」

「星洲炒米。」

「OK，Bye！」

他突然改變主意：「我還是想改——」電話已經掛斷。

柳樂明知自己為何會衝口說出「星洲炒米」，但又不願去承認，他大概比自己以為的，更加想念普普。

由於，二人的認識，就是緣自一碟星洲炒米。

好寂寞啊！
這個遊戲教人感到連自己
也慢慢消失了……

但無論如何也不肯認輸的我，
不想變成一個連自己也
看不起的自己……

第2章

誰都在尋覓
可跟自己齒狀
吻合的拼圖

說起來，或許很奇怪，
但對於某些人你真會覺得，
只有彼此結識了才會減少損失。

也許，
我們本身都是散落在世間的拼圖，
對方正是你在身邊很艱難
才找到的那一塊……

1

午飯時間到了，任天堂磨拳擦掌的大喊一聲：「Openrice（開飯囉）！誰跟我來？」眾人一呼百應。

這陣子失戀了的任天堂，就算表面上沒表現出來，但大家也能夠感覺到他那種失魂落魄。在平日，小任對每個同學也重情重義，在這個非常時刻，當然沒有誰願意捨棄他。

一行十多個同學，走遍學校附近的餐館，每一間也滿座。眼見午飯時間愈來愈倉卒，班上最強壯的男生阿牛試着詢問任天堂：

「小任，我們有十三個人，店子實在太難安排座位，不如拆開兩三堆來坐？否則，恐怕吃不成啊！」

「有緣共聚，不可以就這樣給拆散的吧？」任天堂卻說出感動的話：「我們要麼就一起吃，要麼就一起捱餓！再多找兩三家也沒位子，大不了去買麥當勞或KFC外賣回學校，對不對？」

阿牛同意點頭。他一向是任天堂最忠誠的朋友，對任天堂總是言聽計從。

眾人在大街上確實找不到餐館，便繞進路人比較少的橫街，當愈走愈近那家貌似看來很破舊的新加坡餐廳，同行的普普，腳步卻愈來愈遲疑，愈落愈後。

任天堂推開餐廳的門，探頭往內一看，馬上又關上門。

同行的方圓卓神情相當沒趣，又說着他最擅長的噁心話：「有沒有搞錯啊？吃飯的人那麼多，如廁的人那麼少，全香港人都便秘了啊？」

任天堂卻報喜：「這一間有位子，有一張可坐十四人的長桌！」

肚腹空虛感強大的高材生謝禮謙，托托他左右眼加起來剛好有 2046 度的近視鏡片，用他在鏡片後看來像放大了的雙眼，哀求般說：「小任哥，既然有位子，我們站在這裏幹麼？快進去啊！」

「沒問題，只是有個大問題。」任天堂擦擦鼻子，「誰人吃辣？」

眾同學面面相覷，普普真想開口說：「我不吃辣」，但她看看大家走累了的神情，只好把嘴巴抿得緊緊的。

「我一頭伸進去，已經被辣味嗆到了喉嚨，可想而知會有多強勁！」任天堂雙眼通紅地疾呼：「壯士們，準備好受死沒有？」

眾人起哄，任天堂便率領大家，浩浩盪盪推門闖關了。

點菜時，大家一致點了餐牌上附有豎起拇指圖案的推介招牌菜——星洲炒米。輪到普普，她想了想今天不是周二或周五，便點了蝦球炒麵，侍應生卻說剛好賣光了。

普普在心裏苦笑一下，對侍應生猶疑着說：

「那麼……我也要星洲炒米吧，少辣……不，微辣。」

——這是命中註定的嗎？

吃星洲炒米的時候，大伙兒都面紅耳赤兼一額汗，真的辣到飛起。受不得辣的普普，即使已大減辣度，但還是比其他人快一步咳起來，她把面前的冰水喝光了，咳嗽卻還未能止住。坐在她斜對面的阿牛見狀，把自己的水杯遞給她，對她說：「未飲過的，給妳。」

她點頭致謝就喝了大半杯，滿嘴的辛辣才稍退。可是，突然之間，她感觸良多。

坐在普普身旁也辣得淚眼漣漣的郭泡沫，看到她面前的一大碟星洲炒米，懷疑地問：

「普普，妳真的抵受得住嗎？」

心思不知飄到哪裏去的普普，怔怔地說：

「我和他，就是在這裏相識的。」

郭泡沫做了一個「原來如此」的表情，便不再説話了。

*****

放學後，普普在學校圖書館碰見阿牛，兩人點頭招呼。這一天，她本來想靜一靜，

但阿牛卻主動走上前與她攀談，向她露出討好似的笑臉。

阿牛看似輕鬆地問：「來借什麼書？」

「我只是隨便看看——」她欲說太多。

很奇怪地，就算普普認識的阿牛，品性非常善良，對女生也是規規矩矩的，但不可理喻的是她對太健碩的男生就是沒好感。而阿牛正好是那種骨架壯得像牛的男生，在校服下的胸肌總像快要破衫而出，她每次看到都會不寒而慄。

「對啊，小任打算在周末搞BBQ，我替他做聯絡人，妳去嗎？」

「其他人也會去嗎？」

「對了，很多人也去。」阿牛如數家珍的說：「謝禮謙、校花藍閱山、方圓卓……人數正陸續增加中！對啊，妳也來啊！」

普普漫應一聲，心裏在想：藍閱山也去啊？她即時打消想出席的念頭，總覺得這位漂亮得沒話說的校花，令她很反感。

＊＊＊＊＊

不久前，班上的女生們決定好好整治一下當時全班同學也憎恨的楚浮。

對此事始終抱着中立態度的普普，卻不敢逆忤大夥兒的意見，只得跟隨大家的做法，安排了一場把楚浮關進體育館的儲藏室的鬧劇。

然而，當大家把楚浮順利鎖進儲藏室後，領頭的藍閱山忽而其來把鑰匙拋到她手中。

「普普，妳也很討厭楚浮吧？門匙由妳來保管好了！」

普普呆住了，其餘的女生都鴉雀無聲，大家都為了這個共同炮製的惡作劇，臉上呈現了同等的陰冷感。

作為普普最好的朋友郭泡沫，當機立斷的替她出頭，一把搶過她手中的鑰匙，對眾人說：「門匙由我來保管，萬一普普大意遺失了就不好。」

藍閱山也不阻止，「好啊，妳倆一向也是姊妹情深的吧。」

普普問：「那麼，何時才能把楚浮放出來？」

「門匙在妳倆手裏，當然由妳倆去決定啊。」藍閱山笑容滿滿的說：「可是，誰要是替她打開門，也就等於間接承認是關了她進去吧。」

普普和泡沫互視着，兩人沒想過這一點，神情顯得不知所措。

「所以啊，最好的辦法，就是等到明天早上，由校工去替她開門。」藍閱山早有計劃地說：「那麼，真相就變成儲藏室的門被大風吹至關上的意外事件了。我們全班女生，只須對這件不幸事件表露出深切遺憾的神情。」

普普驚訝地想，天氣冷得很，除了有一堆體育用品，房間內就什麼都沒有了，被關一整晚，簡直是要了楚浮的命吧？

郭泡沫也想到這一點，她一陣猶疑：「可是……在這種氣溫下把楚浮關一晚？」

藍閱山微笑看看郭泡沫手裏的鑰匙，用一點也不真誠的聲音說：「門匙在妳們手中，妳們決定不就好了嗎？」

當藍閱山率領着眾女生離開後，普普向郭泡沫致歉：「我不該讓妳幫我的，使妳變得那麼難堪。」

「喂，妳給人欺負，我能夠坐視不理嗎？」

「我們現在該怎做？」

「什麼也不能做！」郭泡沫回頭看看儲藏室的大門，苦笑一下說：「除非，我們想成為另一個楚浮[1]。」

普普說不出話來，當時，她和郭泡沫，就這樣成了藍閱山的共犯。

＊＊＊＊＊

「……怎樣？」

阿牛的詢問，把普普帶回了現實。

「什麼……怎樣？」

「我剛才問，妳喜歡吃什麼？我會按着各人的喜好，去買適當的分量。」

「我沒關係，跟大家就好。」普普心知肚明，她是屬於隨波逐流的那種人。

「只是，不要辣？」

阿牛拿了她給太辣的星洲炒米嚇住這回事去開玩笑，但她不覺得好笑，只是敷衍地陪笑一下。

他似知自己失言，神情尷尬的說：「對不起。」

「不是啦，你說得對，我真的不要辣。」她也察覺到，自己的態度大概也差勁了點。

「我想向妳說對不起，卻不是為了這回事。」

「你對不起我什麼了？」她嘗試活潑點問。

1 楚浮的故事，出現在《我的專屬惡魔》一書中。

「我一直想説——」

「嗯？」她看到阿牛一臉隱衷，但猜不出他想説什麼。

「對不起，我知道妳一直也很喜歡小任。」

普普一聽到這句話，一張臉一瞬間紅了。

「妳轉戴了紫色的隱形鏡片，我更確定了。」

聽阿牛這樣説，普普連一句想否認的話也吐不出來。

事緣有一次，當大家談起戴眼鏡的問題時，任天堂説戴紫色隱形鏡片的女生最迷人。本來一向戴着普通隱形鏡片的她，用光手頭上的存貨後，就轉買紫色的。

阿牛見普普不説話，他開口道明來意：「其實，我可以幫妳追求小任……我的意思是，假如妳不介意的話。」

普普臉上的熱力減退一點，回復了鎮定才問：「你為什麼要幫我？」

「因為……當然因為——」阿牛用非常認真的聲音説：「小任是我最好的朋友！」

普普點了一下頭，表示明白，但她也沒作出確實的回覆。

這個世界，會不會就是這樣可笑地運行的呢？

當普普暗戀着任天堂的時候，任天堂跟楚浮走在一起，而她也喜歡了一個叫柳樂的男生；現在，當任天堂失戀了，她也跟柳樂陷進猶如彌留的感情困局中；

繞一個大圈，一切重回起點。

可是，一切由不得普普來操縱。

正如，她也是在誤打誤撞之下，落到那一家新加坡餐廳內，遇上一個人。

2

四個月前的一天。

學校的午膳時間，因普普要補交功課，必須先去校務處一趟，返回課室時，以任天堂帶隊的同學都走清光，沒有一個人等她。

當然，她也可以致電給郭泡沫或任何一個同學，去大家吃飯的地點會合。可是，由於心頭有一陣被漠視的委屈，又適逢任天堂當時宣佈了與楚浮拍拖的消息，使普普受了不少打擊，加上那陣子的熱門話題都環繞着小任的戀情，一直暗戀着他的普普，總有種想避得遠遠的心態。

所以，她決定獨個兒去吃飯。

沒想到的是，在午飯時間，一個人吃飯會是那麼困難，在幾家學校相連的那條街中，每家食店都被學生攻佔了。她走了幾條街，在門口招呼的侍應生看到她一個人，明明有座位也推說已滿座了，好騰出單邊的雙人卡座，再等一下就能坐進兩人。

就在普普打算放棄的時候，走過那一家外貌破舊的新加坡餐廳門口，剛好見到一堆學生離開，她便乘勢的走進去，碰碰運氣。

侍應生安排她坐到一個二人卡座的一邊，沒過多久，一名男生也被安排坐到普普對座的卡位來了，他連餐牌也沒有看，就點了一客豬排喇沙，繼續埋首在他手中的漫畫書上。

普普看着那餐牌，只覺花多眼亂，事實上她對星馬菜真的沒什麼印象，極其量就只知道星洲炒米和海南雞飯罷了。看到侍應生站在她身旁，等得一臉不耐煩，她只好隨口便說：「我要星洲炒米！」

此言一出，對座的男生忽然抬起眼來瞄了她一眼，露出驚訝的表情。他看到普普朝着他看，趕忙又垂下頭看漫畫。

這時候，普普才真正細看一下眼前這個男生，從他那鷹狀的校章，她知道他就讀的是那所跟她學校很接近的男校。

男校的校譽並不差，但由於有另一所頂尖男校也在同區，他們就不幸地被比下去了。

而事實上，男生長得不過不失，但他的頸骨好像天生彎曲似的，一直低下頭在看漫畫書，更對坐在對面的她視若無睹。——男校的學生都是怪怪的吧。

五分鐘後，那碟星洲炒米很快被侍應生擲來。普普也真餓壞了，拿起雙筷便大口送進口中，一陣火燒般的激辣，從喉嚨攻上腦袋。

她再忍耐着吃了幾口，餐桌上的清水都已喝光了。她把杯底的最後一滴水都喝光，還是按不住炙喉的辣。

她嘗試揚手叫侍應替她添水，但侍應們都忙着招呼其他客人。當她感到難受極了，坐在她對面的男生，突如其來的站了起來。

他快速直走到水吧前，一手提起水樽，快速折返，首先替她添了水，然後再把他自己半滿的杯子灌滿。

普普注視着浮在水面上那幾顆輕敲的冰塊，心裏宛如被重重敲了一下的三角鈴，發出了清脆的回響。

她珍而重之的喝着它，也覺得被那杯滿滿的冰水灌滿了自己的心。

那個男生的舉動，令她真的感動極了。

男生把水樽拿回水吧，他折回來後，她預期他會跟自己說話，然而，他卻若無其事的繼續邊吃他的豬排喇沙，邊專注的看着漫畫。

她心裏居然感到**氣餒**，他手中那本名叫《星河滿月1》的漫畫，吸引力真是如此巨大，所以連看她一眼也沒興趣嗎？

所以，為了那種奇怪的**被忽略感**，她連一句「謝謝」也沒說出口。

因為，她根本無法確定，他為她斟水，到底是不是出於關心，抑或只是順道而已。

後來，男生很快吃完，也馬上結賬離開了。普普留意着他，男生卻連正眼也沒有再看她一眼。繼續努力跟那碟星洲炒米火拚的普普，替被遺留下來的自己感到可憐。

一直散步回到學校，普普才想到了，也許，她是預期那男生會主動結識她的，可是他沒有這樣做。與此同時，更覺得可惜的是，為何差一點就能跟他結識的自己，沒有主動去認識這個值得結識的他。

是的，她心裏一直想着「值得」這兩個字。

要是不想被對方拒絕，
最好的辦法就是先去拒絕對方。

所以我們都為自己貼上了
「小心輕放」的標籤，誰也不敢去碰誰。

可是，有更多時候，
太安全的感覺往往令人乏善可陳……

第3章

我們都在自製 Out-focus 的寂寞

試過將一張照片不斷放大下去嗎？
很快地，
你就會看不清楚相中人的輪廓了。

可是，你知道嗎？
就算照片變得模糊不清，
你在我心中的解像度始終是一千萬像素，
我把弄着的也只不過是寂寞而已……

1

柳樂和普普相遇的事，他第一個要告訴的人，就是Serena。

深夜時份，柳樂如常寫了一封電郵給Serena，信中寫着這天發生的「趣事」：

我在午飯時間遇上了鄰校的一個女生，她居然點了餐廳內出名辣死人不賠命的星洲炒米！

不出我所料，她嗆到喉嚨了啦！我看見她紅得像關二哥的一張臉，她面前的水又喝光了，最笨的是什麼？是她居然膽敢揮手叫人斟水，真的未死過！忙到頭頂冒煙的侍應，裝作對她視若無睹是常識吧？

唉，坐在她對座卡位的我，只好逼不得已地充當臨時侍應，替她斟了水……我也不知到底是她笨呢，抑或，我才是那個見義勇為的笨蛋？

這只是兩人相遇的上半部。

他沒有告訴 Serena，或者說，他刻意隱瞞了，後面發生的事。

2

故事下半部，在同日的放學後發生。

柳樂準備乘搭地鐵回荃灣，由於太口渴，就走到旺角港鐵站便利店的大雪櫃前，想買一枝綠茶，他走到店門前，卻見到午飯時坐在他對座那位「星洲炒米敗者」鄰校女生，正站在雪櫃門前，僵持着動也不動。

他覺得很奇怪，便順着她的眼光看，原來，女生一直盯着架子上那一排綠茶，和旁邊的一個「買一樽原價 $8、買兩樽特價 $12 的廣告牌子。」

他恍然大悟，明瞭她在苦苦思索什麼。

不過，想想也是，一個人買兩瓶綠茶幹什麼？要用來舉重嗎？還是做攻擊性武器？

這時候，女生突然驚覺身後站着其他顧客，便移開身子讓他先買。柳樂拿起兩樽道地綠茶，將一樽遞到她面前。

女生發呆地看着眼前那瓶綠茶，視線才慢慢移往柳樂臉上，看清楚是她的救命恩人，對他驚喜地笑起來了。

「你好！」

「妳好。」

——那是兩人正式說上的第一句話。

「你怎麼知道我想買綠茶？」她從他手中接過。

「因為，我也想買。」柳樂笑笑，很努力的盡量輕鬆的說：「這種情況最討厭。就算沒特價，或者偶有特價，既然都準備買，一拿起便爽快去買了。但是，必須買兩瓶才有特價，反而叫人心煩意亂，心想不如不買啦！」

她亮起雙眼微笑，「我也這樣想。本來，我已想買另一個牌子的綠茶了。」

「這隻牌子的綠茶，已是最好喝的啦。」他卻搖搖頭，「其他牌子都太甜，令人難以相信它們聲稱的無糖吧。」

「我同意。」

兩人走到收銀處結賬，柳樂用八達通付款，普普想從銀包掏出六塊錢給他，他搖搖頭說：「不用了，我請。」

「這樣不好。」

「那麼，掏回八元給我。」

「為什麼？」

「因為，一枝要八元！」

普普給他逗得笑了起來，「那謝謝囉……下次輪到我請你飲。」

「這個當然。」他在便利店門外說：「拜拜。」

「拜拜。」

柳樂走到月台，看看顯示版，荃灣線的列車要待四分鐘才抵達，他便坐到一張冷冰冰的座位等着列車到來，趁四周沒職員，扭開綠茶的樽蓋連喝幾口。

普普遠遠看到他，遲疑了半分鐘，走到他身邊的空位坐下。

「我忘了說謝謝。」

「妳忘了妳剛才已說過了。」

「不，是星洲炒米那件事。」

「對啊，妳一點也吃不得辣啊！」

「我可以吃一點點辣，但怎也沒想到會辣成那樣啊！」

「那麼，妳以後要緊記，只有周二或周五才好光顧。」

「為什麼？」

「因為，賽馬日在周三、周六或周日舉行。」

「星洲炒米辣與不辣，跟賽馬日有關嗎？」她奇怪的問。

「當然有關！」柳樂說：「星洲炒米的辣度，操縱在廚師手中，妳要知道，大部分廚師都是賭徒。所以，周三、周六或周日的賭馬日，他們總會心情亢奮猛加辣囉！」

她簡直匪夷所思，想一想又問：「那麼，周一和周四呢？」

「輸馬呀！還不狂加辣洩憤，辣死我們為止嗎？」

普普給他引得開懷大笑。

這時候，她扭開綠茶的樽蓋，正舉樽欲喝，柳樂卻及時阻止了她，低聲說：「不能喝。」

普普完全沒思考他的話，就聽話的把舉高到一半的手臂放下。

一名路過附近的男職員，猛瞪着柳樂，神情似有不忿的走過兩人身邊。等到職員走遠後，他才告訴普普：「地鐵範圍內不准飲食，我上星期見到有個男人給活活捉住了，要罰款五百元！」

「真的嗎？」

柳樂看了在不遠處頻頻回望的男職員一眼，對她說：「來來來，妳喝一口試試。」

「才怪。」

這時候，往荃灣的列車抵達月台，車門打開，柳樂站起來，走了幾步，卻發現普普坐着沒動，他回頭看看她，她神情猶疑的說：「我——」

列車開始響起「請勿靠近車門……」的警告聲。

柳樂完全理解，向她笑着揮揮手，「OK，拜拜！」他轉身便步進車廂內。

普普看到柳樂找了個背着月台的座位坐了下來。

凝望着他的背影，她奇怪自己為什麼會有種不捨得他的感覺，車門此時關上了。

——這算不算是他第二次拋下她呢？

雖然，這個想法很傻，但她竟真有那種感覺。

在餐館的時候，她尚可說自己無能為力。但這一次呢？她卻像自願被他拋低。

眼見列車很快開行，本來已關上的車門，倏地打開了，普普看到不遠處有一扇車門，夾着一個乘客的手袋，讓車門啟動了安全裝置，自動再彈了開來。

這恍如一種，

關於命運的巨大的轉機。

彷彿有一股巨大的動力在身後驅動，普普不再考慮的站起身來，在「請勿靠近車門」的警告又再響起，車門即將再度關上之前，她閃身衝進車廂裏，坐到柳樂身邊去。

又是一副垂頭喪氣在看漫畫的柳樂，側着頭看一眼身邊的普普，他整個人呆住了。

「咦？妳怎麼又上車了？」

她當然無法告訴他，她要乘坐的，其實是對面月台的列車。

「我——」不善辭令的她，總算找了個尚算不錯的藉口：「我本來要等候一個同學……但決定不等了。」

柳樂好像寬心起來，他笑笑説：「原來是這樣啊，我還以為妳不敢上車。」

「不敢上車？」

「妳大概認為我對你有所企圖，跟我同車不知會發生何事，才決定等下一班車才上吧。」

普普恍然大悟，她不上車居然給了他這種錯覺，她搖搖頭，輕鬆笑了起來，「不會！你在中午救了我一命，否則我早已死掉了！」

她真口渴，懷疑是那碟星洲炒米未解除的辣，她看兩邊車廂中也沒職員巡邏，逕自喝起綠茶來。

柳樂揚起一邊眉笑，「你把我說得像上帝，可以操縱妳的生死大權！」

普普又給他的話逗笑了，這個看似又宅又沉靜的男生，為何一開口說話，她就會忍不住笑的呢？

任天堂也是這樣。

只要有他的場合，總能令她開懷大笑。可是，小任逗笑的對象，畢竟是一大群人。

是的，任天堂有個綽號叫「全宇宙的朋友。當全宇宙都需要他，他有太多人要照顧了，她很少有機會能獨享所有歡樂。

兩人之間並肩坐着，靜默了近一分鐘，柳樂問：「對啊，妳喜歡看漫畫嗎？」

「喜歡。」說謊。

「妳最喜歡看哪幾套？」

她一下子說不出來，結結巴巴的說：「……喜歡的有很多呢。」

「喜歡哪個題材？」

她真的說不出來：「其實，我看得很雜亂，哪個題材都會看。」

「我也一樣。」柳樂臉上有種趣味相投的興奮感，他從書包裏掏出一本《星河滿月》，「這本妳有看過嗎？」

「沒有。」

「給妳看！熱門推介！精彩過核爆！」他催促着說：「快看啊！」

男校的男生都是這麼奇怪嗎？一提起漫畫，他的雙眼就像看到鑽石般閃閃發光。

普普受不了他的熱情推介，接過漫畫欣然翻看。

就這樣，兩人並肩坐在車廂裏，分別看着《星河滿月1》和《星河滿月2》。普普不知怎去形容自己的感覺，但她感謝那個被夾着手袋的冒失女乘客，讓她鼓起勇氣踏上車來。

不知不覺，列車由旺角跑到大窩口站了，只差一個站就到荃灣尾站了。

柳樂順理成章地問：「咦，妳也住荃灣？」

「……對啊。」

「我們兩間學校上早課的時間應該差不多，理應乘車時間也相若，為什麼我好像從沒見過妳？」

普普的謊話恐怕要到此為止，但她腦中靈機一閃，反問着他：「對啊，我也好像從沒見過你！」

他半認真半開玩笑：「我們可以當對方的鬧鐘，每天準時叫醒對方上學去！」

「這提議不錯。」她也半認真半開玩笑的回應。

眼看車子到終點，柳樂已把手中的《星河滿月2》看完了，瞄一下普普的進度，她讀不到漫畫的四分一。他訝異地說：「真想不到，有人看漫畫比我還要緩慢，據說女孩子一小時可看上三、四本！」

「怎麼看？」

「怎麼看？用雙眼看啊！」

兩人乘搭自動電梯的時候，柳樂把兩集《星河滿月》一併塞到她手中，「我在荃豐中心借的，明天才到期還書，妳看完拿去還就可以啊。書後頁印有漫畫店地址，租書錢已付。」

普普捧着兩冊書，有點不知所措，「不，我還給你就好了。」

「也好，我明天回校可再借給同學看，放學才歸還，真划算！」柳樂爽快地說：「明早七時，我倆在月台的車頭位置等好嗎？」

普普為了圓自己的謊話，勢成騎虎的苦笑一下，「沒問題。」

「對啊，妳住荃灣哪裏？」

「我住在——」她從沒來過荃灣區，對這個地方一無所知。她慌忙把眼光亂掃，正好瞧見那個不同閘口的指示牌，她隨口說：「愉景新城。」

「哦，這也難怪，我住綠楊新村。我倆居住的地方正好是反方向。在地鐵站兩旁的極端，中間的路程相距約十分鐘。」他恍然大悟：「所以，早上乘車的時候，我們才會一個坐在車頭，一個坐在車尾吧！」

普普暗地吁口氣，情況真險！她剛才差一點便想說住綠楊新村了，路牌上的「愉景新城指向←，「綠揚新村的指向→」。幸好隨口説説的她沒選錯，否則，只要繼續同行下去，謊話會給揭穿的吧。

在地鐵站口，柳樂看着她雙手抱在胸前的漫畫，對她千叮萬囑：「這本好看，記得要看完！」

普普知道他對漫畫有多熱誠。他的熱誠度是，他希望能感染到身邊的人也愛上漫畫。

她用力點頭答允，「一定會看完！」

「明早見囉。」

「明早見。」

好幾次，柳樂想將地鐵相遇的下半部故事寫進電郵裏，但又始終無法順暢地寫出來。老實說，他對電郵裏的每一句、每一個字都非常講究，大概由於太重視收信的那個人了。又或許，這一切都是藉口，真正的原因是，他自私地不希望讓 Serena 知道，有普普這個人。

把電郵寄出後，柳樂又忍不住打開了電腦的文件夾，在 My Pictures 中選了「Serena 的照片」，一張一張看下去。

那是他拜託 Serena 的朋友替他拍下的，拍攝的時間，是她留在香港的最後一天，她緊接着就出發去英國倫敦留學了。

柳樂最喜歡那一張，她站在熙來攘往的人群前的單人照。

也許吧，由於離別的大限將至，她的笑容中有着一種安靜的神傷，柳樂總會凝視着照片，不期然地看呆了。

然後，他會用滑鼠劃過 Serena 的輪廓、她高高的鼻樑、她永遠似欲語未言的雙唇，再把照片一直的放大、再放大下去，她恍如逐漸的迎向他面前，直至整張照片也 Out-focus，她又恍如消失不見。

他總是心裏害怕，把 Serena 的影像回復正常，才安心地關上電腦。他會看看漫畫書、玩玩網上遊戲，或者聽聽收音機，到了不得不睡的時候，他便會蜷縮在牀上的一角，想想與他相距八個小時時差的她一切的一切。

事實上，柳樂老早發覺自己是個很害怕很害怕寂寞的人，但他無法改變這個狀態。

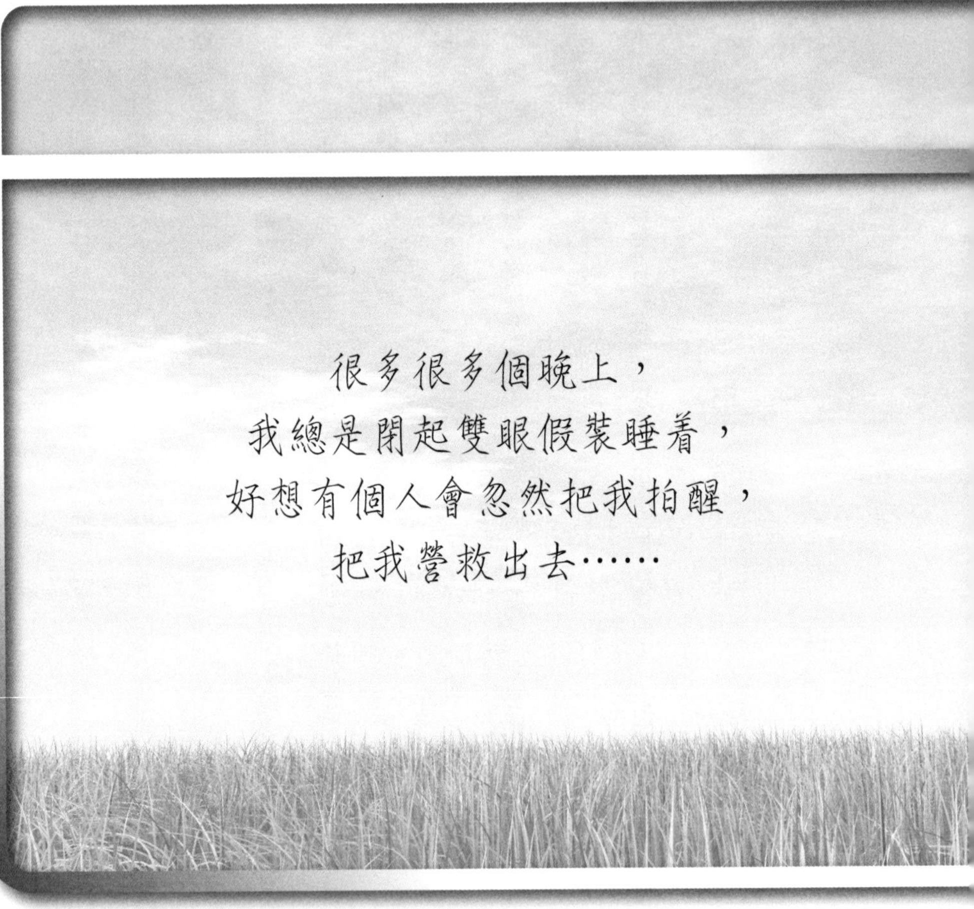

很多很多個晚上，
我總是閉起雙眼假裝睡着，
好想有個人會忽然把我拍醒，
把我營救出去……

第4章

我們在外星人眼中也不過是外星人

我曾經上過火星，
登陸過月球，
看到的都是一片荒蕪，
後來我不再嚮往發現行星了……

從太空船的望遠鏡裏遙望出去，
看到的不是萬里長城和金字塔，
而是你成了我重返地球的整個焦點……

1

截至這一刻，普普知道自己對柳樂仍未忘情。

每早到港鐵站乘車，由於是從尾站開出，列車總會停駐好一會，普普百無聊賴的等待開車，總會不期然聚焦在月台上寫着「柴灣」的牆壁。

有時候，突然有個穿校服的男生走過，她心裏都會有輕微震動，懷疑那個人是不是柳樂。

看清楚一點，當然不是。每間學校的校服都是差不多的，每個男生也差不多，但不是就不是。

可是，由於有了那個「那個是不是柳樂」的假設上，她就無法安心下來。

她的視線散走，又回到「柴灣」那兩字上。

每次看到了柴灣，她就遠遠的想到了荃灣。

原來，

要不要去想一個人，

不是一個人想要不要，

要想的，避得再遠也會去想。

*****

四個月前，普普和柳樂相識的第二個早上。

天還未亮，她便已出門了，歷時差不多要一個小時，住在柴灣的她，從柴灣站乘坐到荃灣站，剛好趕及在 6:55 分抵達。

坐在列車上，普普回想這件事，覺得好像電影劇情。

最詭異的是，柴灣站和荃灣站，正好是兩條路線的終站，更是港鐵路線圖相距最遙遠的兩個車站（港鐵轉乘輕鐵不算，也總不能把機場站或迪士尼站也計算下去吧）。可是，在沒有任何預警的情況下，兩個住得最遙遠的人卻認識了。

更可笑的是，在柳樂有所誤會、再加上普普故意配合之下，自己莫名其妙便成了荃灣「居民」。

當她充滿睡意的跳下車廂，發現柳樂已在另一邊的月台等候着，她整個人立刻精神起來。

她在月台繞了一個圈，故作是剛從自動電梯走下來，朝着他走過去。

「早晨！」

「早晨！」柳樂精神奕奕的，「看來，我倆都是守時的人呢！」

「對啊！」普普心裏在竊笑，她可是比他心裏所想的守時得多了！

——她喜歡這種，承諾後便守信的感覺。

兩人上車後，列車很快開出。柳樂問：「妳未吃早餐的吧？到了旺角站，一起吃早餐好嗎？」

「好啊，我快餓死了！」在剛才漫長的車程上，她的肚子一直咕咕作響。

「我們來交換禮物。」

「交換禮物？」

柳樂從書包拿出了《星河滿月3》和《星河滿月4》，「我昨天租來的。1、2集妳看完了吧？」

「看完了。」她把《星河滿月1》和《星河滿月2》拿出來，兩人一手交一手的，如真像在交換禮物。

「漫畫好不好看？」

「非常好看。」

從沒興趣看漫畫的她，昨晚追看到幾乎昏掉。凌晨一時才把兩書看畢，睡了四小時就給鬧鐘鬧醒了。

他有興趣的問：「妳最喜歡哪個主角？」

她不敢不把漫畫看完，另一個原因，就是怕他會突擊檢查。

她忽然想起，上經濟課的時候，那個最喜歡問書的老師，每次上他的課堂，她都會戰戰兢兢的。幸好，總有任天堂給她提示，她才能多次擺脫被罰抄的命運。

但這一次，就算沒有任天堂在旁，她仍能充滿信心的回答：「我喜歡男主角塔克，女主角滿月的性格也太懦弱了……可是，我更受不了另一個女主角美羅子的冷漠無情！」

「哼哼，是這樣啊？第4集有出人意表的發展，保證讓妳驚喜。」

「真的啊？」

「不能劇透，妳自己快看！」

普普苦笑起來，在這一刻，她有點頭昏腦脹，只想能好好睡一睡啊。

這時候，葵興站有個老婆婆走進滿座的車廂，柳樂二話不說就讓座，老婆婆欣喜非常，在普普面前力讚他：「妳的男朋友真是個大好青年呢！」

普普不知該作什麼反應，只能尷尬地笑了。

反而站在普普和老婆婆面前的柳樂，他握着欄杆，對老婆婆說：「沒有啦，我們不是男女朋友啦。」

老婆婆笑着對普普說：「妳就不應錯過他啦！」

柳樂跟普普互望一眼。柳樂沒好氣地笑笑，普普臉上燙起來了。

後來，車卡的對座有空位，柳樂走過去坐。看到普普在看《星河滿月3》，他又忍不住又拿出《星河滿月1》重溫。當他一口氣看了十數頁，在翻書時抬眼瞄瞄普普，卻發現她在座位上睡着了。

坐在她兩旁的乘客都下車了，她手中仍拿着漫畫，頭顱卻向兩邊晃來晃去，整個人搖搖欲墜的。

柳樂苦笑一下，繼續低着頭看書，然後他突然感到怎麼也看不下去。……………………

終於，他合上漫畫書，站了起來，走到普普身邊的座位去，無聲無息坐了下來。

在漆黑的隧道中，柳樂從對面玻璃窗的反影中，看到她的頭晃到另一邊，然後又晃到他自己這邊來，再慢慢的垂向他的肩膊來，但就是差了那麼一點點。

因此，他坐得更端正一點，活像**穿梭機努力要拼合燃料補給站**那樣。

普普就像靠了岸的船，再也沒有那種驚濤駭浪中的晃動了，睡得滿舒服的。

柳樂就這樣一動也不動的，想好好的記住這一刻。

普普是第一個把頭枕在他肩膀上的女孩。

是他人生中的首次。

過了三個站，普普才給一個女人講手機的巨大說話聲吵醒了，她張開雙眼，竟發現自己枕在一個人的肩膊上，她即時坐直身子，移開視線，才發現對方是柳樂。

她心中的驚惶失措馬上銳減八成，用滿尷尬的神情對他說：「咦，對不起啊！」

「我才該說對不起呢。」柳樂笑笑，「第3集可能真不是那麼好看。」

普普疲倦一笑，他一句話就替她的尷尬解圍。

突然之間，她發現有什麼不妥當，再看清楚顯示版，閃着指示燈的板上，寫下一站是尖沙嘴。

她驚異的問：「怎麼忘記下車了？」

本來兩人應該在旺角站下車，再走五分鐘的路到學校。現在卻已越過了油麻地和佐敦兩個站了。

「妳睡得好好的嘛，就讓妳繼續，直至自然睡醒啊。」柳樂語氣平淡：「過了站不打緊，我們乘搭回頭車就可以了。不急啊，時間多着。」

這麼簡單的話，普普卻聽得感動，她發現他是個細心又體貼的人。

她笑說：「我今天請你吃早餐。」

他笑說：「好，明天由我請。」

2

好像受到催眠一樣，往後的每一天，兩人相約在荃灣站乘車上學，吃過早餐後就各自回校。因兩人的學校放學時間只相差十分鐘，順理成章地他們又會約在地鐵站附近的麥當勞等候，一道乘車回荃灣。

不是說笑的，普普開始產生幻覺，滿以為自己也住在荃灣了。

但就算每天一共兩回，獨自返回柴灣的家的路途有多遠，但為了跟柳樂一同的愉快車程，彷彿替她的疲累作了最好的補償，她就是覺得值得。

尤其是，柳樂每天也會為她提供精彩的漫畫。有些集數十集八集，有些只是一集完的單行本，令從不看漫畫的她也開始喜歡上了。當然，就連讀報紙娛樂版也讀得緩慢的她，總是以龜速才能看畢。

可是，任何秘密總有漏洞，總以為可以長久隱瞞的事，就在三個星期後的一天，終於給揭穿了。

那天黃昏時分，兩人如常的返到荃灣站，在站前道別，約定明早再見。當柳樂走了幾步，想起想借給她看的那本《棋魂4》，他剛才在車途中看完，隨手放進書包去，忘記交給她了。

柳樂一記起，即時轉身跑回去，然而，當他拐過轉角，正準備追上普普之際，卻奇怪地發現她正走進地鐵站，正好入了閘。

她不是要去愉景新城嗎？為何她會無緣無故去乘車？柳樂既錯愕又惘然，不明白發生何事。他心裏湧起了無數問號，自問不可能不明不白的離開，遂決定跟蹤她。

普普登上列車，柳樂從另一個車卡進入，在一個她不會注意到的位置注視着她。

她找了個座位坐下，神情變得呆滯下來，臉色也顯得鐵青。她兩邊坐着的都是中年男人，她坐得很拘謹，儘量不跟男人貼到肩，也不敢睡，就這樣無神的呆坐着。

柳樂遠遠地注視她，她的神情看來相當疲倦，卻又偶然會露出一種自我安慰式的笑意。

柳樂一直疑惑，一直跟下去，她並不是乘搭一個車站，甚至不是乘搭十個車站，竟然是一直搭一直搭，搭到天各一方的柴灣站！

當普普步出了地鐵站，柳樂更加不能竭止要偷偷尾隨着她，他心裏的疑問之多，幾乎要把整個人都填滿了。當她到了一幢舊式樓宇的鐵閘前停下，從書包裏慢慢掏出鎖匙，正準備開門時，滿心迷惑的柳樂，忽然靈光一閃，終於明白事情的來龍去脈。

——原來，是一場美麗的誤會。

那個陰差陽錯的誤會，起緣於他與普普在旺角站月台談話。他沒問清楚，就滿以為兩人乘搭同一路線的列車，想拉她上車而起吧！

原來，兩人不是相隔在一個地鐵站的兩端，而是兩條地鐵路線的兩端！

當然，柳樂不太遲鈍，他也感覺到了，普普總有某程度上喜歡他吧。否則，如此辛苦自己的去迎合他，就不能成立了。

「普普！」

柳樂開口叫住她。

普普整個身子巨大的一震，好像被熱炭炙到指頭似的，馬上從鐵閘的鎖匙上縮開，好不容易才轉回了頭，見到柳樂，她的神情難堪也難看，臉色像紙一樣的白……

柳樂想起了Serena，又凝望着面前喜歡他喜歡到有一定份量的普普，他知道自己不宜太溫柔，也不宜久留，他逼不得已的說了殘忍的話：

「對不起，也謝謝妳的好意。但我有女朋友了，她叫Serena。」

他是好不容易，才叫自己把話完整地說完。

普普露出一副崩潰的表情，她勉強騰出一句話來：「我明白了，不好意思。」

「我——」他始終想補救什麼。

「我要回家了，這個還你。」她從書包裏掏出了《棋魂3》，遞到他跟前。

他不情不願地接過，只能說聲：「好。」

「拜拜。」

普普說完這句話，也不待柳樂反應，趕忙打開鐵閘，跑進大廈內。

在閘門鐵枝的空隙之間，柳樂一直看着普普，普普也一直的背着他在等電梯，當電梯門打開了，她就閃身進去按了層數，一眼也沒有朝電梯外看，就這樣低頭站着，直至電梯門完全關上，她也沒抬起眼來。

柳樂感受到她的傷心，但他能夠感受到的，大概只有她真正感受的十分一。

他低頭看看手中那本《棋魂3》，這意味兩人已斷了唯一的連絡，彼此之間再無瓜葛了。

他心裏裂開了一個巨大的缺口，什麼也補不回去。

3

被識破的翌日早上，普普是好不容易忍受到早上七時，才踏入柴灣地鐵站。

是的，那是她還未認識柳樂之前，一貫的出門時間。

只要一想到了，在未來的日子也不必調校五時半起牀的鬧鐘，準六時就跑到港鐵站乘車，她就覺得是一種莫大的解脫。可是，一想到這畢竟不是自己可選擇的解脫，她又覺得更難過。

她昨夜睡得非常差，呆坐在車廂內等待列車開出，一想到那很荒唐的三個星期，她就奮力摔頭希望摔走什麼，但她又逕自的傻笑，她根本什麼也沒有，又可以摔走什麼呢？

就在這時候，面對着月台「柴灣」大字牆壁那邊的她，見到有個穿校服的男生走過。她起初也不為意，直至男生停定在「柴灣」兩字前面，她抬眼才看清楚，對着她微笑的正是柳樂。

她懷疑自己是不是出現幻覺，柳樂卻向她走過來，坐到她身邊的空位上，側着臉看她說：「早晨！」

「……早晨。」

「我現在才知道，原來荃灣的首班地鐵是於05：55開出。」他臉上有一種熱刺感，微笑地道：「是妳令我知道了。」

＊＊＊＊＊

柳樂跟蹤普普回她「真正」的家後，獨自從柴灣站返回荃灣站。

車廂裏有空置座位，他卻只是木然的佇立在地鐵路線圖前面，默默注視着地圖。

把車站默默地數了一遍，從港島線的尾站柴灣站數到荃灣線的尾站荃灣站，他數着數着，居然在中途迷亂了。

再專注認真地細數一遍，才得到了肯定的答案。

他從不知道柴灣和荃灣這兩個相距最遙遠的車站，中間竟足足相隔了二十五個站，簡直就像同世界上最遙遠的兩端。

他一直呆呆的站着，嘗試用心去體現她對自己的苦心。

一想到她每朝早七時也在荃灣站準時守候，想到她疲累得睡在他肩頭也渾然不知，又想到她聽到他有女朋友時那個像世上什麼都消失了、什麼也不留的空洞表情……與此同時，柳樂可怕地發現自己沒法子拒絕普普的感情，有一種非喜歡她不可的衝動。

翌日早上，他很早就醒來了。

他昨晚查閱了地鐵的網頁，網上估計由荃灣到柴灣的行車時間是五十四分鐘，這當然未計從家裏走去地鐵站、候車和轉車的時間。於是，他預算了極充足的時間，乘搭了二十五個車站，與她來個答謝式的「偶遇。」

「我現在才知道，荃灣的首班列車是 05:55 開出的。」他正好就是乘搭第一班車，他告訴普普：「是妳令我知道了。」

普普微張着嘴巴，好像連一句話也騰不出來，她的表情像大白天活見鬼。

柳樂見她頓失反應，也明白她的驚異，他直接切入正題：「我來到妳面前，因為我相信，我們應該繼續見面。」

普普驚魂甫定，「但你說你已有女友……她叫 Serena ？」

「我說謊了，其實，我根本沒有女朋友。」

普普一臉疑惑的看他。

他深深吸一口氣才說：「假如，我願意告訴妳所有真相，妳會願意聽嗎？」

普普想也不想便點了點頭。

柳樂一生裏首度向一個**活在現實**的人，說了**不違心**的話。

＊＊＊＊＊

昨天晚上，他返回家中，打開了電腦，又搜出 Serena 的照片在細看。

然後，心裏有着千頭萬緒的他，給她寫了一封電郵：

到底，愛與被愛，哪才是最快樂的事呢？

假如有個女孩子喜歡我，

到了一個願意將自己辛辛苦苦豁出去也毫不計較的地步……

我是否也該幸福地接受自己正被她愛着的事實呢？

他如常地把電郵寄了出去……寄回他自己的電郵裏。

暗戀了 Serena 接近三年，Serena 只是他校內朋友的鄰校朋友，柳樂從未認識過她，也沒有與她相熟的機會。

他在想，就算 Serena 現在向他迎面而來，他也只能沉默地與她擦身而過吧。

事實上，柳樂知道自己真正沒有的，是勇氣。

Serena 到英國升學了，她在他心中的印象反而變得愈來愈清晰了，他意識到一件事：

若他一日不放開她，

就等於用雙手環抱着自己，

然後明知結果是什麼也沒有。

他必須給自己一個向亮起綠光的出口處逃去的寶貴機會。

遇上普普之前，他不知自己虛度了多少日子，直至普普的出現，令他明白到他根本不情不願去當他自己。

＊＊＊＊＊

柳樂把話說到這裏，停頓一下，側着頭看普普：

「我第一次有了睡前會期待天亮一刻，上課時能渴望放學的感覺。我曾經以為，無論身處何地，只要手中有本漫畫書，我便能夠逃進漫畫替我創造的世界，看一本漫畫去一個地方，看另一本漫畫再去另一個完全不同的國度。可是，我終於發覺了，我只想將自己從書中抽離，我想抬起眼看看真實的世界，真正的感受到自己正在呼吸。」

普普靜默聽着他的話。

「每天最快樂的時候，就是返學和放學時等着妳出現的那段時間吧——這樣說好像很冒昧，但事情卻單純得很——兩個同住荃灣的人，乘搭同一班列車，去同一個目的地。」說着說着，柳樂微笑起來了，「妳明白那種分別嗎？縱使車費一樣、路程一樣、所需的乘車時間也一樣，但感受就是完全不一樣了。」

普普聽得滿心感動，她希望尋求確定的答案：

「你的意思說，Serena 不是你女朋友，甚至乎，你和她根本不認識？」

「是的，完全不認識。」

她努力叫自己開口問一個問題：「那麼，我們會繼續見面？」

「但有一個條件。」他說。

普普凝視着他，感覺就像等待着最後審判。

「我相信，荃灣站距離妳太遠，柴灣站也距離我太遠。」柳樂溫和的說：「所以，從今天起，我們應該約在旺角站相見和道別！」

普普不能置信的笑了起來，旺角正好就是兩個極端的中央點，這真是個彼此都快樂的好方法吧。她想了一想，向柳樂用力的點頭，他也點頭笑了起來。

原來，有一個人有能力使我悲傷，我也有能力使另一個人快樂。

柳樂心裏這樣想着。

我只想要一個實實在在的擁抱。
無論那是誰人的擁抱，
我也希望抱過後，再去感受
自己喜不喜歡……

彷彿在下雨天懸吊在天花板下的
晴天公仔，
滿心都是這樣的期盼……

第5章

最殘忍的
是不愛你了
仍待你最溫柔

知道怎樣對一個人才是最殘忍嗎？
不是對你冷言冷語、不瞅不理；
而是待你一如既往的溫柔，
擺出那張像看可愛小動物般看
你的逗趣表情，
繼續說有熱度的、感人的情話，
但你卻明知一切都是假裝的……

1

柳樂放學回家，看見一名年紀跟他相若的男生，蹺着二郎腿，平躺在客廳的沙發上，他把電視的聲音開得老大，手中翻閱着漫畫。

「柳樂哥？」男生把視線從《死亡筆記5》中抽出，投到柳樂身上。

柳樂盯着他，他校服胸前有兩顆紐扣沒扣上，一直開到胸膛前，頭髮染成淺金色，左耳戴着鑽石形耳環。記起兩個月前，妹妹喜孜孜地說自己交了新男友。

「你就是我妹妹的男友？」

「對啊，叫我小豬。」

「小豬，請問你手中正拿着我的漫畫嗎？」柳樂的臉孔像 Pepper lunch 的鐵板一樣黑。

「好看啊！」

「我的漫畫都放在我的房間裏，那麼，請問它是從我房中拿出來的嗎？」

「我只是……借來看看。」

「我忘記你有問過我借。」

小豬聳一下肩，又裝作笑口盈盈的說：「OK，我現在問你借來看，好了吧？」

柳樂木着口面：「非常抱歉，我的漫畫從不外借。」

小豬從沙發坐了起來，把漫畫用力拋在茶几上，發難地說：「喂，如果你不是——」

柳樂打斷他的話，瞪住他問：「不是又如何？」

這時候，買了肯德基炸雞筒回來的妹妹，進門見劍拔弩張的兩人，連忙居中調停，「喂，你們男人總要不打不相識的呀？」

小豬攤開雙手，向妹妹冷笑一下，「對啊，我和妳哥還未真正相識啊！」

柳樂從茶几抓起那本漫畫書，向妹妹拋下一句：「妳換男友的速度那麼快，我根本來不及認識！」話畢，他就在兩人的瞪視下，返回房間，大力關上門。

他把《死亡筆記5》放回書架上的第4集和第6集之間，心裏仍是氣憤難平。

過了十分鐘，有人在外頭叩門，柳樂在電腦前看動漫沒回應，妹妹便扭開門直接進來了。

「哥，你喜歡吃雞脾，替你買了一塊。」她用紙碟盛着一隻熱辣炸雞脾，遞到了他桌上，更親暱地喊了他一聲哥。

他的氣難消，隨口便説：「我生暗瘡，不吃啦。」

「喂，你真有那麼小器嗎？」

柳樂這才轉過臉看妹妹，他指指自己的額頭和鼻翼，沒好氣地對她説：「妳看，這裏、這裏和這裏，暗瘡都冒出來了，是不是不小器就能制止？」

「小豬已跟我説了，他只是不懂規矩了吧，下次不會就是啦！」妹妹企圖説服他：「況且，你也承認是自己小器了吧？」

「我沒有承認。」他説：「我只承認自己害怕生暗瘡。」

「既然你說得自己那麼大方，就走出客廳拿罐可樂，跟小豬打個招呼啊！」

柳樂不想妹妹太難堪，他說：「那隻不小器的豬，也可從客廳拿罐可樂進來，跟我來打個招呼啊！」

「除了我，還有人敢走進你房間嗎？」

「最好沒有啦！」

「雞脾我已經拿到你面前，你到底吃還是不吃？」

柳樂最討厭被人強逼去做某件事，他語氣強硬起來：「我說過了，我怕生暗瘡！」

「那很好，我拿去餵狗！」她把雞脾拿起來，一把擲出窗外。

柳樂皺着眉，探頭出窗外一看，幸好雞脾沒擲中人，落在橫巷中，要是哪隻流浪狗運氣好的話，真的能享受這頓下午茶。

妹妹氣沖沖的跑出房間，柳樂在她身後喊了一聲：「喂——」

「不用你說了！」她頭也不回，「我會順手關門！」

話畢，她反手就關上了房門，發出石破天驚的一聲「砰」，使柳樂耳朵嗡嗡作響。

本來，他已準備講和，跟妹妹說：「算了，還是給我一塊不辣的雞胸吧！」可是，他那性格火爆的妹妹，一言不合就急着發作，比他更不好惹。

他看看那道好像仍有點搖晃的房門，搖了搖頭，便繼續看他的網頁去了。

這時候，手機發出了一下清脆的豎琴聲響。

他當然認得這個聲音提示，是 Serena 在 Wechat 裏的專屬訊息提示聲。

柳樂，放學回家了？

他計算一下，倫敦和香港相差八個小時，她那邊該是早上九時多吧。

Serena，那麼早起牀了？

要備課，又開始考試了。

妳是不是讀四年級數？

對啊，讀第四年級。

今年是最後一年囉？

對啊，快要畢業了。

那真的是極重要的考試了！畢業後會回港嗎？

還未決定，家人希望我回來，但我也可能在這邊找工作。

真的好嗎？
英國經常有恐怖襲擊，有點可怕。

我會把這個因素考慮進去的。

對啊，差點忘記問，
我在香港寄給妳的匯票收到了沒有？

剛收到呀，
就是想告訴你這個。

對了，簽名本能夠替我拿到嗎？

太好了！

Serena 忽然寫了那麼一句話，柳樂半晌才懂反應：

簽名本？

你沒有看到紙條嗎？
我夾在寄給你的羅琳小說裏呢！

柳樂整個人怔然下來，他發覺自己在手機寫字的手開始顫抖。

哈，我真沒留意到。
紙條上寫什麼了？
妳還記得嗎？
可以給我寫一遍嗎？

Dear 柳樂：

不知妳女友喜不喜歡？但願她領略你的苦心吧！

對啊，香港很快會舉行書展，

不知你有沒有辦法替我拿到鄭梓靈簽名的小說？

我們在 wechat 再詳談囉！

Serena 上

柳樂看着熒幕上的那段字，真的怔住了很久。

然後，他突然間恍然大悟。普普疏遠他，是事必有因的刻意。

原來，叫他絕望的真相是，普普發現了他和 Serena 之間的秘密。

2

周末下午，當普普縮在睡房的電腦熒幕前看韓劇，手機響起，是阿牛的來電。

「普普，妳是不是住柴灣？」

「對啊。」

「小任和我在太古城中心，只相差四個車站，妳要不要來？」

「不是太好吧？」她無疑是心動的，但有一刻猶疑。

「我倆坐在溜冰場前觀看人家溜冰，快要悶死了！小任叫我找住在附近的朋友出來玩。」阿牛把聲音壓低了：「我唯一一個想到的就是妳啦。」

「就只有我們三個？」

「對啊。」

「太恐怖了吧！」

「唉，平時有太多人包圍在小任身邊，妳這些性格內向的女生，根本就插不進任何話啊，當然也無法引起他注意了。」阿牛替普普不值，鼓勵着她：「所以，這是很好的機會，讓妳跟他好好地相處吧。」

「可是……」

「可是什麼？」

「時間那麼趕急，我該穿着什麼衣服來？傷腦筋啊！」

就在這時候，阿牛的電話那頭傳來任天堂遠遠喊過來的聲音：「普普，妳到哪個地鐵站了？」

「她還未出發啊！」阿牛也遠遠向任天堂喊：「她說自己不知該穿什麼！」

任天堂笑嘻嘻地揚聲喊着：「比堅尼不就可以？」

阿牛對普普笑說：「妳已聽到小任的心聲了，但這並不代表我的立場。」

普普給任天堂和阿牛逗笑，她的心情這陣子也悶壞了，真想好好去玩一下。她下定決心說：「我儘快趕來！」

最後，普普試穿了三套在隆重場合才會穿的長裙，總覺得渾身不自在，最後還是選回自己穿得最舒服的恤衫外套和牛仔褲。她本來也想戴紫色隱形鏡片，但經阿牛提醒，她暗戀任天堂暗戀得有多麼明顯，她也驚覺自己原來真像個花痴。最後，她捨棄還有三個月用量（一次多買會有大特價）的紫色鏡片，戴了普通的黑色鏡片，才赴約去了。

到了太古城的溜冰場，找到了坐在場邊的任天堂和阿牛，兩人的神情真的頗納悶。

任天堂一見普普就精神起來，神情沒那麼呆滯，精靈地說：「太好了！今天溜冰場內居然沒一個美女可看，現在終於來了一個！」

普普尷尬地笑着自嘲：「我才不是美女啊……要看美女，應該叫藍閱山來這裏啊！」

「喂，我也不是沒想過，但這位校花住得好遠啊，約她去深圳按摩還要近一點……」

任天堂感到自己說錯了話，他看了普普一眼，安撫着她說：「只不過，數到港島區代表，就非妳莫屬了！」

普普笑笑不說話，心裏卻有點兒受傷了。

後來，任天堂帶兩人找了一家有露台的餐廳，更指定要坐在露天的座位。這天的天氣寒冷，普普為此而奇怪。但當任天堂把一包香煙拋在餐桌上，她就明白過來了。

雙手捧着熱飲，她還是冷得直打哆嗦。壯健如牛的阿牛也不遑多讓，冷得頻頻流着鼻涕。只有雙指夾着煙的任天堂在侃侃而談，由學校的趣事談到國家大事，一邊噴煙圈一邊說得不亦樂乎。

直至他的手機響了起來，他一看來電顯示，歡天喜地的走開去接聽了。普普終於向阿牛投訴：「好凍！我快變冰條了！」

「沒法子啊，室內都禁煙，只有在這裏才能抽。」

「我不知道小任抽煙。」

「他只是在同學面前不抽啦。」阿牛笑了笑，「他希望在眾人心裏保持着良好的形象嘛。」

普普哦了一聲。

阿牛看到她的神情，試探着說：「看到了最真實的小任，妳好像有點失望？」

她吐出真心話：「我以為，在學校裏的他已經夠真實了。」

「起碼，他現在也沒有在妳面前掩飾真相啊。」阿牛安慰她，「可想而知，他也把妳視之為真正的朋友。」

普普無奈的聳聳肩，她已經贏得了任天堂的信任嗎？可是，她又不得不承認自己對他的失望。那個很懂得照料別人感受的小任，會讓阿牛和她捱冷風，只為了讓他自己能夠抽幾根煙嗎？

阿牛突然問：「我可以多口問一句嗎？其實，妳喜歡小任什麼？」

「我也不知道。」普普托着頭，想了一想：「我只知道，跟他在一起，我自然而然就會變得很快樂！怎樣說呢……他好像是個懂得逗人開心的小丑。」

「小丑嗎？他才不肯做小丑呢！」阿牛用非常確定的語氣說。

「為何那樣肯定？」

「妳何曾見過小丑說話？」阿牛笑着說：「小任是那種要喋喋不休、不停地說話的人，你叫他閉嘴啊，簡直是虐畜！」

「誰人虐畜？」折回來的小任，聽到了阿牛的最後一句，大聲的說：「我代那位畜牲報警！」

普普和阿牛面面相覷，雙雙爆笑起來。

吃完下午茶餐，三人去了一家電玩店，除了千篇一律的老虎機和賽馬機，還有幾部玩手指觸感機，有兩個陌生的少女忽然出現了，任天堂替大家介紹，她們是他住在西灣河的朋友，兩人剛才百無聊賴正好致電給他，他便叫她們加入了。

少女們在旁邊玩撲克接龍，任天堂跟阿牛和普普再玩了一會，就跑過去陪伴她們了，三人合作與電腦對戰，過了一關又一關，興奮得一直擊掌 Give me five，普普在一旁看到了，滿心不是味兒。

阿牛也看到普普所看到的，恍如替他辯護似的說：「小任朋友真多啊！妳跟他出來玩幾遍，慢慢會適應到他的生活習慣了。」

「你適應他的生活習慣嗎？」普普不吐不快：「本來是跟他同行，卻來了愈來愈多不認識的人。」

「也要看看來者何人吧。」阿牛倒也沒掩飾自己的喜惡：「有時候，來的是好相處的人，就當作是結識新朋友；可是，萬一來的是難相處的男女，我也會感到很氣餒，感到被忽略。」

「你沒想過與他單獨去玩嗎？」普普喜歡阿牛的老實，她問：「沒有其他人來騷擾。」

「輪不到我去想啊！」阿牛想了想，遺憾的說：「怎樣說呢……對於小任這種把全宇宙也視之為朋友的人，真是太高難度了吧。」

普普聽到這話，不禁苦笑起來。

對啊，阿牛說得對極了，任天堂確實是全宇宙的朋友。

她沒有告訴阿牛的是，**她只喜歡跟自己喜歡的人窩在一起，不想受到外來的任何紛擾**。

但天意就是喜歡這樣弄人的吧？

在滿以為很恰當的時刻，總會很不當地出現一些破壞者。

正如，一直以來，一個叫Serena的女孩，都在困擾着她和柳樂。Serena總像冤魂般不肯散去，而這個夢魘，最後竟逃出了惡夢，變成了真實。

3

如今想來，普普大概應該痛恨羅琳。

對啊，羅琳就是寫《哈利波特》的作者。但若不是羅琳，普普可能就不會發現，柳樂和 Serena 一直瞞着她在偷偷交往。

普普不愛看書或漫畫，但她卻是羅琳最忠實的書迷，每逢她有新書出版，她都會第一時間搶購。

有天放學，在旺角地鐵站的月台臨別時，柳樂把一個沉甸甸的膠袋交到她手中，説是給她的一份很特別的禮物，叫她在車上才拆開來看。

當她走進了車廂，跟月台上等候荃灣列車的柳樂道別後，在列車穿進隧道的一刻，她已忍不住把膠袋內用漂亮的包裝紙包着的禮物拿出來，捧在手中，她感到柳樂對這份禮物珍而重之，憑重量也推測到是書籍之類。

她屏息靜氣的拆開了禮物上的蝴蝶結，看到裏面是一套五本的羅琳《哈利波特》系列，打開書的扉頁一看，她驚喜得情不自控地尖叫起來，引來同一卡車廂內乘客的奇異注視。

她緊緊的合上嘴巴，才能令自己不繼續驚叫出來，每本書的扉頁竟都寫上了她的英文名作上款，以及羅琳的親迹簽名！

普普震驚得不懂反應，馬上就想拿出手機，致電給柳樂道謝。然而，就在這時候，她發現在小說的第一冊露出了一小角夾在書內的紙條。

普普微笑一下，一定是柳樂寫給她的情話吧。

她把對折的便條打開來，緊接着的，她整個人都像錄影機的影像般定格了，便條上款寫着的不是她的名字，下款寫着的也不是他的名字，而是令她發過噩夢的人——Serena。

字條是 Serena 寫給柳樂的，她就像親眼看到二人背着她偷情的證據。

Dear 柳樂：

不知妳女友喜不喜歡？但願她領略你的苦心吧！

對啊，香港很快會舉行書展，

不知你有沒有辦法替我拿到鄭梓靈簽名的小說？

我們在 wechat 再詳談囉！

Serena 上

普普感到自己的身體在一瞬間冷卻，像忽然給注入熾熱的硫酸，被侵蝕得體無完膚。

她記得，柳樂凝視着她的雙眼，對她保證：「其實，我根本沒有女朋友。我和 Serena 完全不認識。」他博取了她的信任，讓她全無懷疑的相信了他的謊言、他的人格。

這是對她最大的侮辱。

她把手機拋回書包內，把便條撕碎得無可再碎。

從那天以後，她不希望再聽到關於柳樂這個人的一切。

4

在學校裏，郭泡沫拉着普普說：「昨天放學，那個宅男在街上叫住了我。」

「什麼宅男？」

「妳那個不知仍算不算是男友的男校男生，他叫什麼……雷洛？磊落？」

「他叫柳樂，你們沒碰過面，他怎知道妳是誰？」

「她問我是不是妳的朋友。」郭泡沫說：「我想，他應該見過我們同行吧。」

普普變得緊張，「他對妳說什麼了？」

「沒什麼，還不是那些，打探妳最近的生活好不好之類。」郭泡沫説：「問到最後，他想問的還不是那個問題：她現在有沒有新男友？」

普普苦笑一下，不太相信地問：「他真會這樣問嗎？」

「我沒有給他問這個問題的機會。」郭泡沫狡猾笑笑，「我告訴他，有個條件很好的男生，正在熱烈追求妳。」

「什麼？！」普普整個人怔住，「妳為什麼要這樣説？」

郭泡沫説得理直氣壯：「既然他瞞着妳喜歡着那個叫什麼的人？……Serena？為何妳不可以光明正大地接受別人的追求？」

普普一下子説不出話來，過了好幾秒才叫屈：「事實上，真的沒有人在追求我啊！」

郭泡沫直視着她，彷似要直視進她心裏去：「**妳真有那麼喜歡他嗎？連讓他感到自己受威脅也不忍心嗎？**」

普普再一次無言以對。

「妳還不明白嗎？」她說：「對付一個對妳殘忍的人，最好的辦法，就是待他更殘忍！」

「然後呢？然後，結果會怎樣？」

「沒有怎樣。」郭泡沫忽然慘笑一下，「感情根本就是場兩敗俱傷的遊戲，誰失血過多而死掉了，另一個也總算是慘勝了！」

「有需要這樣嗎？」普普聽得不寒而慄。

「到了妳覺得真正有需要時，只會悔恨太遲！」

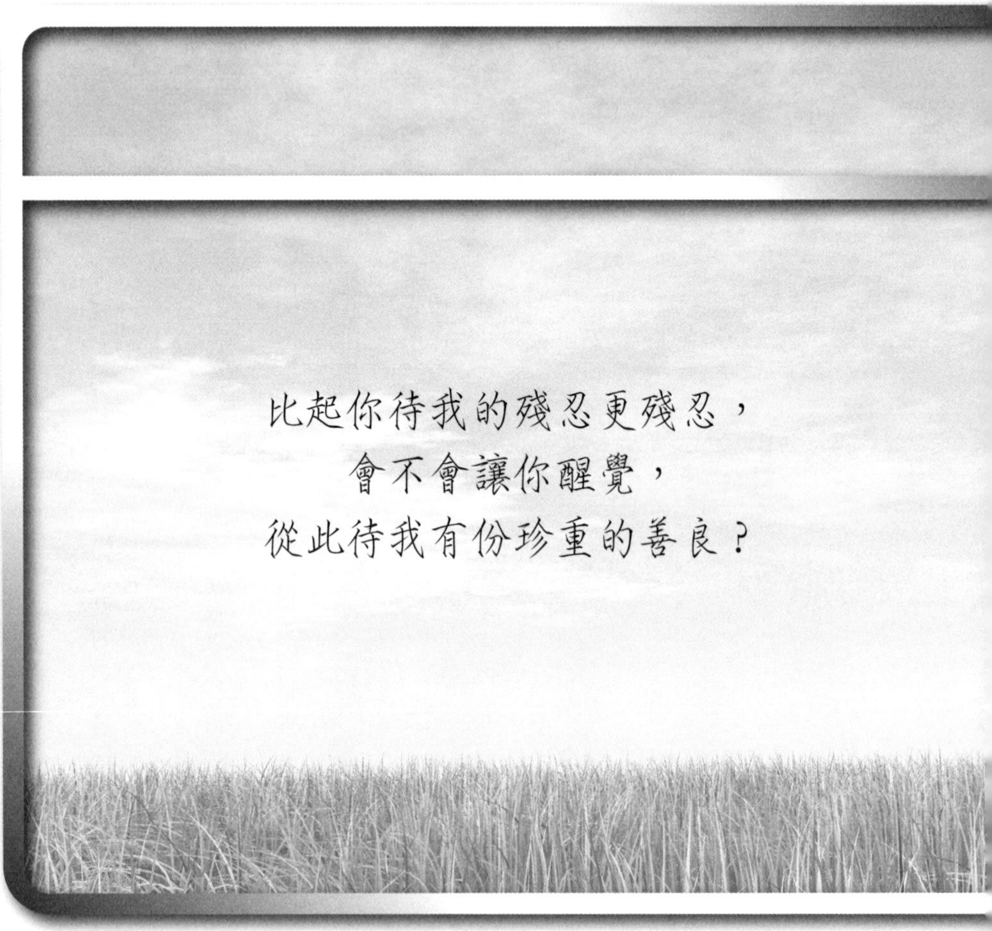

比起你待我的殘忍更殘忍，
會不會讓你醒覺，
從此待我有份珍重的善良？

第6章

總是在有了希望下的失望才教人絕望

的而且確，這是我和她之間的秘密，
但除此之外，也就什麼也沒有了。

你不相信甚至可找她作證……
我心裏一直這樣想，
想着給你一個合理解釋的同時，
一顆小小的希望在我心頭
重燃了……

1

午飯時間，柳樂和難得有空閒的軍曹吃飯。

軍曹是學生會的副會長，碰到了徒有虛名的「廢物」會長，所有大小事務便集於他一身了。只不過，本身就很習慣忙碌的他，不但沒有怨言，反而感到很享受。

平日午飯時間，總是隨便買個飯盒就在學生會室邊吃邊工作的他，因沒有特別事要趕，就找了柳樂去吃飯。

「樂仔，你和附近男女校的那個女生發展得順利嗎？」

軍曹用鐵叉邊捲着意粉邊問，他說話速度很快，手上動作更快，好像裝上馬達一樣。

柳樂好好地想了一想，苦笑起來說：「我的故事，你上次聽到哪裏了？」

軍曹吃得滿口也是意粉，聲音有點含糊：「趁我在吃意粉，你的焗豬扒飯未來到，你最好將你的愛情檔案簡單地重整一遍。」

「也好。」柳樂深深嘆口氣說：「我也想弄清楚，到底發生了何事。」

＊＊＊＊＊

從柳樂主動走到柴灣站找回普普那天開始，兩人便正式拍拖了。

柳樂沒想過會那麼早便開始拍拖的，真的沒有。因他讀的是男校，在環境上可說是先天性條件欠奉；他也不是活躍的課外聯誼活動分子，根本很難接觸到其他學校的異性。也曾想過在網上認識女孩子，但聽得同學們說本以為自己是城市獵人、最後卻慘變成獵物的恐怖經歷太多了，（老實說，美女怎會有空坐在電腦前？拍拖已拍得應接不暇啊！）令他連這個念頭也打消了。

因此，柳樂早已作了最壞打算，也許到入讀了大學（希望在人間，這也包括讀大學和拍拖），或者要到了出來工作，初戀才有望可發生。

但自從普普奇妙地出現後，他的初戀宣告提前開始了。

有時，上悶課的時候，柳樂總會出神地想——如果自己不變心的話，她大概會喜歡他很久吧？她可以每天大清早乘車從柴灣站到荃灣站，放學又從荃灣乘車回柴灣。他只試過兩遍，整個人便已累透了。所以，他真的十分驚訝，到底是什麼驅使她有這份恆心呢？他深深地佩服——嚴格來說，該是敬畏——他敬畏她內心散發出的牢不可破的力量。

因此，柳樂一想到自己對她的感情，自然而然就覺得很卑微。

當然，他不會懷疑他是喜歡得普普不夠……只是她比他喜歡得多太多了吧。情形就有點像——**美伊戰爭，伊軍不是不奮戰，但是軍備和軍力令到他們老早註定要輸一樣**。

所以，跟普普在一起之後，柳樂費煞思量，想為普普做些驚天動地的事情，藉此拉近兩人在感情上的差距。

兩人拍拖的第二個月，他終於找到一個千載難逢的機會。

數年一度，羅琳有新書發表，香港某書局更有一百本獨家簽名本發售。從兩人平常的對話中，普普多次談到羅琳，對她的作品如數家珍，柳樂便知道她是標準的哈利書迷。

柳樂明知機會可一不可再，便刻意瞞着她，提早出發到發售簽名本的書店輪候，所謂的「提早出發」，是在新書正式發售前一天的晚上。

可是，當他以為萬無一失時，抵達後卻當堂瞪目結舌。

那條站在書局門口的人龍，直延至街上，再拐過了街角，長得不見龍尾。柳樂從龍頭走到龍尾，粗略數一下前面的人數，心想自己理應能買到簽名本的，他就拿出準備好的漫畫書、手機內早已下載好的四套動漫和乾糧，恍如露宿者般在街上等候。

可是，又凍又累的呆等了一晚，好不容易才到書店開舖的時間，正當快輪候到他的時候，一名職員卻遞出了一個告示牌，上面以潦草的字體寫着：簽名本已售罄。

只差三個人便輪到他！

在後頭排隊的人都在鼓譟，群起跟職員大聲理論，柳樂心裏更是氣憤，排了一整晚卻空手而回，他心情之惡劣可想而知。

翌日回校，他在食物部碰到軍曹，兩人喝汽水時，他憤憤不平地向軍曹提起此事，軍曹問：「樂仔，你真想拿到羅琳的簽名本嗎？」

「當然！」

「雖然過程有點轉折，但可能真的有辦法拿到簽名本。」軍曹想了一想，「你記得在英國讀書的 Serena ？」

柳樂心裏有一陣跌宕，「當然記得。」

「我還以為你交了要好的女朋友後，便忘記她了！」

柳樂呷一口汽水，乾笑了一下。

軍曹就是 Serena 的朋友，在他電腦內那些 Serena 的數碼照片，就是他替他拍攝的，在眾多朋友中，也只有軍曹一個知道他暗戀着 Serena。

翌日，軍曹喜孜孜的告訴柳樂，他已跟 Serena 談過了，她說會出席羅琳在倫敦舉行的大型簽名會，可順道幫他一把。然後，軍曹把 Serena 的 Wechat 賬戶給了柳樂。

柳樂靜靜地看着那張寫了 Serena 賬戶的便利貼，軍曹笑着說：「你大概覺得很尷尬，希望我代你向她說吧？但既然這是你為了女友所做的事，我相信還是由你親自提出，會比較有誠意。」

柳樂握緊那張小字條，「這個當然。感謝師兄幫忙。」

那天晚上，柳樂捧着手機過了良久，終於下載了 Wechat 的 app。由於他身邊大部分人皆用 Whatsapp 通訊，他一直沒有安裝 Wechat，但他卻為了 Serena 開了一個 Wechat 新賬號，把她加進「新增聯絡人」。

她是第一個，但柳樂知道，她也是唯一一個了。

Serena 很快作出回應，把他納入她的通訊名單內。然後，跟他主動打了個招呼，告訴柳樂她知道他是誰了，軍曹之前已跟她通傳了一聲。

柳樂也是第一次緊張得連打字也會手心冒汗，他簡述了請求，然後靜候回應，Serena 也回應得十分爽快。

好的，我一定會替你拿到簽名

非常感謝！

我要感謝你才對呢！

為什麼？

因為，你讓我見識到，
一個男孩子，
可以對他女友有多好！

柳樂看到 Serena 這段字，感到他整個人也被密麻麻的感動填滿了。

是嗎？是啊。我的確對女友很好吧。

他忽發奇想，真想將 Serena 稱讚他的話，轉寄到 Whatsapp 給普普看看，但他明知不可能，那只是個自殺行為，他叫自己好好忍住了。

因為，他要給普普一個驚喜，才會冒昧找上 Serena 的吧。

況且，普普知道他喜歡過 Serena 的事，把此事告訴她，她無論怎樣也會誤會他的企圖吧？就算，幸運地收到了簽名本，想也不會是一件叫她愉快的事吧？

本來，他做的這一切，只是為了令普普快樂而已。

把整件事的經過向軍曹簡述一遍，軍曹正想發表意見，學生會幹事忽然致電給他，有麻煩要他處理，他說自己馬上便趕回去。

結賬時，柳樂掏出一百元鈔票，軍曹卻阻止了他：「這裏找贖的速度太慢了。」他掏出鈔票和輔幣，如數不差的交到侍應生手中，即時離開。

兩人返回學校途中，柳樂對軍曹說：「我相信，普普一定是看到了 Serena 寫給我的便條，所以誤會了我。」

「與其說她誤會，不如說她不信任你吧！」軍曹直斥其非：「換了是我，就不會浪費時間了，乾脆就分手吧！」

在軍曹的世界裏，一切都是快刀斬亂麻！

柳樂平心靜氣的說：「沒關係，我向她好好解釋就是了。」

軍曹一臉懷疑的問：「樂仔，你真的不介意她懷疑你嗎？」

「沒關係，我信任她。」柳樂說：「**甚至，我連她對我的懷疑這一點也信任了。**」

2

就在跟軍曹吃飯的翌天，柳樂買了一套新上畫的電影戲票，用一種不容有失、又患得患失的心情，致電了給普普。

一直沒人接聽，他就死心不息的繼續打下去。

終於，當打到第八次，電話接通了。

「普普。」

「嗯，什麼事？」普普的聲音對他來說，好像恍如隔世般。她語氣冷淡，但隱隱又好像透出一種期盼，盼望他將會說些什麼。

「我買了兩張戲票。」他道出了電影名字，「我們在看預告片時，不是都很想看這齣戲的嗎？」

普普在電話那頭猶疑着，一下子沒回應。

他更直接的說：「而且，我有話想對妳說。」

「你在這裏說便可以啊。」

「我想親口對妳說。」

終於，普普答應跟他見面。

再見到普普的時候，柳樂發覺她消瘦了。

晚上的氣溫轉冷了，披着厚外衣應約的普普，就像把自己包裹在毛球裏的小貓咪，整個人卻有着一點衣不稱身的可愛。

在柳樂的記憶裏，她穿過這件格子圓領襯衫和黑色牛仔裙，配紅色的外衣就只有一次，就是他倆在上學日子以外，首次正式約會時穿的。

柳樂仍記得，他當時說：「妳像小紅帽。」

普普反應也很快：「那你一定是野狼。」

因此，他一看到她，便有一種回到過去的熟悉感。

兩人相約在UA戲院門口見面，普普比約定時間早了十五分鐘抵達，而柳樂也是一早在等候了。

恍如在兩個不同的世界久違了的兩種生物，滿以為二人會像注視着外星人般吐不出話來，但他卻從她穿的厚外衣中找到他倆連成一起的共通點，他變得寬心起來了。

柳樂像昨天才見過她那樣地微笑了，普普露出同一個微笑。

他安排了今日的第一個行程是看電影，自然是有計劃過的，避免萬一彼此見到時相對無言的尷尬，在戲院內坐上兩個小時，也算是一種熱身吧，好讓大家的心情也放鬆下來。

「電影還未開場，但我們可以早些進場，看看不日上映的預告，好嗎？」

「好啊。」她沒反對。

走到影院門前的小食部，柳樂問：「要不要吃爆谷？」

普普說好，他接口便問：「吃爆谷會口渴吧？也買汽水好嗎？」

她也沒反對，他向前面發光的宣傳牌抬了抬下巴，「不如，我們買情侶套餐好了！」

普普默默看着兩杯汽水、一份大爆谷的那個情侶套餐宣傳牌，彷彿若有所思，最後還是簡單的點了點頭。

柳樂的心情因此而振奮更多。

購買的時候，他要求服務員把咸爆谷和甜爆谷各放一半，因為他知道，她兩種味道都喜歡。

他不知道普普答應吃情侶套餐，是不是代表他倆還是好好的一對情侶呢？但他寧願相信是。

兩人看的是一齣瘋狂喜劇，情節胡鬧，但至少密集地製造笑話來引觀眾發笑，而觀眾們也毫不吝嗇地笑了。

柳樂偷偷的看着普普，吃着爆谷發出叶咯叶咯聲音的她會心微笑起來，雖然他不曾為電影情節的笑料而動容，但卻因她的快樂而微笑起來了。

他一邊看着銀幕，一邊在心裏盤算着，看完電影後，他倆就會找一家寧靜的餐廳坐下來，他會向她完完整整道明有關 Serena 的事，萬一她責怪他，他就鄭重地請她原諒。

他滿懷希望地想，這是第一個她和他重修舊好的晚餐。

所以，儘管他找不到找看一套悲劇或感人愛情電影般的有力理由拖着她的手，他還是儘量放鬆心情，與她享受着這一套本來就不該沉重的喜劇。

散場後，隨着觀眾魚貫的步出戲院，走到大街上，兩人才把手機重開了。柳樂告訴她他已訂了座位，要跟她吃一頓晚飯。

不知是否一種錯覺，普普有點哀愁地看看他，「你真是隆重其事呢！」

他把雙手插進褲袋內，認真的看着她，「因為，這是一頓值得隆重其事的晚餐吧！」

因為，這是我們之間重修舊好的晚餐啊。

就在這時候，普普的手機響起收到 Whatsapp 訊息的提示聲，她默默低着頭，打開訊息看了一眼，跟着便有點慌忙地把它放進手袋裏去。

「不需回覆一下嗎？」

「並非什麼重要事……遲些才覆也可以的。」

「我……不會阻礙妳吧？」柳樂儘量問得若無其事。

「沒這回事啦！」她的神情變得緊張起來。

柳樂嗯了一聲，微笑着沒再追問下去。與她肩並肩走的時候，他整個人卻突轉悲哀了起來。剛才在一瞥眼間，他瞄到她手機的訊息是一個男性名字「Joe」傳來的。

當然，他無法及時看到訊息的內容，但他卻能感到自己被迎頭轟了一槍那種傷害。

坐進那家氣氛熱哄哄的 Pizza hut 餐廳內，柳樂向普普推介了最好吃的海鮮寬條麵和最新推廣的芝心批薄餅，她也隨他的意思，讓他點菜。

喝了幾口冰水，普普說要去一下洗手間，柳樂便指示了方向，當她離開了座位，他發現她卻留下了手機在餐桌上。

在她路過他身邊走到洗手間之後，柳樂一直盯住她那部手機不放，對他來說，它像個在他面前近在咫尺、不斷鼓脹的氣球。

已經接近爆破的邊緣了，他完全預計不了在接下來的一秒鐘，它會不會砰的一聲爆掉，但他實在無法承受這種無日無之的恐懼了。

因此，他只能讓那個氣球親手在他手中刺破，就算說不上理得，但總能心安。

洗手間在柳樂身後，他不會知道普普何時折返，但他回想一下，她每次去洗手間的速度，就知道自己該有三五分鐘的時間，對於跟他用同一個牌子手機的她，相信搜查過後再放回原位，時間也該綽綽有餘。

柳樂已經無法更詳細地思考下去了，迅速便拿起她的手機，按入她的Whatsapp，看到她最上面的口訊，也就是普普剛才收到的口訊，Joe是這樣寫：

明天我請妳喝下午茶好嗎？
報答妳上次請的客，就在上次那家吧。
我可為我們選一個特別隱蔽的卡座啊，慢慢談心。

柳樂的心直沉下去，就在他打算按入去，看更多普普和Joe之間的對話內容，忽然感應似的轉身一看，竟然瞄到普普遠遠的朝着座位走回來了，她才剛走了一分鐘不到啊？他心跳起來，慌忙地按動鍵掣，把手機調回了主熒幕。

普普重新在柳樂對面坐下來，他只瞄她一眼問：「嗯？那麼快？」

「女洗手間在清潔中，十分鐘後再去。」

他再按動她的手機數秒鐘，才再抬起眼，皺着眉對她苦笑，「唉啊，妳手機裏也沒有安裝 Pizza hut 的 Apps，否則，這一餐的簽賬該有九折優惠啊！」他把手機放回原來的位置。

普普看了桌上的手機一眼，聽完了柳樂的解釋，對他露出了一個笑容。

那是一個冷笑。

這是妳第一次對我冷笑。

吃了一頓非常豐富但也相當沉默的晚飯後，柳樂提議送普普回家，她也沒拒絕。

在平日的約會，兩人總會在地鐵站的月台道別，然後各自回家，再致電對方報平安。但今次他做不到，為了要表示他還是她男友，再加上剛才偷看她手機的那份不安感，他只希望可用這些實際行動去安慰自己。

柳樂不知道，一對情人之間需要用多少言語來維繫感情，但相信一定不用太多，就算完全沒有也可以。他怪異地想，假如他和她也是個啞巴，是否就不必依靠綿綿情話，及一切像期票般只能等待兑現的承諾？他不斷這樣的想，在整個送她回家的路程上，都保持沉默。

柳樂真的希望能夠從無聲之中，感受着他倆之間的感情交流，但就算在同一卡列車並排坐着，雙方有體溫的肩膊貼在一起，他也已經無法從她身上感受到有流轉的感情了，又或者讓他更不想承認的是，彼此之間已經無法交流了。

想到這裏，突然想起那個熱烈追求普普的Joe（普普朋友口中提到的追求者，該是他吧！），他每次跟普普約會完畢，一定會把握機會送她回家吧！

在這數十分鐘的車程裏，他倆會談些什麼呢？他有引得她開懷大笑嗎？亦可能他利用了司徒柳樂這個爛人作為彼此的話題，好讓他當上噓寒問暖的那個角色？

他愈想便愈難過，

而最難過的是，

他相信他距離自己的估計雖不中也不會太遠。

他又回想起普普那一抹冷笑，就算到了這一刻，一個小時後的這一刻，他心裏仍有一種深不可測的心寒。

走出柴灣地鐵站，他把普普送回家，沿途一直沒法找到合適的話語，就像身不由已跟在她身邊的鬼魂一樣。愈是急着想去找話説，愈覺得太牽強。終於，他還是不發一言。

最後，他把她送到了家樓下。

普普沒有走進大廈內，生硬的轉過身來面向着柳樂，用求證什麼的神情，注視着他的臉。

「你──你是不是有話想對我説？」

柳樂看着她，他是不是有話對她説？事實上，有啊！我有滿腔的話要對妳説！但那是用任何一種聲音和人類的所謂言語也是無法清楚表達的吧！

可是，如果真要換作笨拙的説話，他只有一句……唯一想説的一句話：

「如果可以的話，我希望我們──」話到這裏，一陣悦耳的鈴聲響起，鈴聲來自普普的手機。

柳樂合上了嘴巴，看着普普神情有點失措的接聽，對來電的人所說的話只是嗯嗯的應道，然後壓低聲音說：「這裏接收得不好，我回家再打給你。」

柳樂默默的聽着看着，忽然有種離普普很遠的感覺……不，他還在原地，只是她忽然像被什麼扯得離他遠遠的。

普普放下了手機，對他牽強地一笑。

「對不起，你可以重新說一次嗎？」

柳樂凝視着普普，這一個由他不怎樣喜歡、到了極喜歡、最後到了用愛去描述的她，他已經沒法子了，如果可以的話，他希望不發一語，她也能聽到他真正的心聲……

柳樂雙眼熱起來，聽見自己用極之平靜的聲音說：

「如果可以的話，我希望我們，從未認識過。」

普普怔怔看着他兩秒鐘，深呼吸一下才說：「我也這樣想。」

好像一次計算精準的成功引爆，
用適當分量的炸彈把一棟建築物夷為平地。
在短短幾秒鐘之間，
那個我們曾經投放進很多
心血的天堂，
變成一團催淚的灰塵……

第 7 章

妳沒有離開我的世界，是我先行離開了

是不是可以這樣呢？
我真希望能夠這樣……
我倆都會為了愛過的那部分而會心微笑，
怨懟的那部分，就像那隻被魔術
變走的白鴿般消失……

有沒有那個可能？

1

普普回到學校，整個人臉如死灰，阿牛馬上就注意到了。

午飯時間到了，任天堂又叫大家去吃飯，就在眾人興奮地商量着去處，普普靜靜地走出了課室，任天堂看到她手裏拿着銀包，便向阿牛暗暗打了個眼色，叫他追出去。

阿牛有一刻遲疑，仍是聽從小任的話，趕快追了出去。

普普是故意避開眾人的。

她知道跟着小任，大家一定會被他的笑話弄得人仰馬翻，但她今天已經夠傷心了，實在笑不出來，但也無法接受別人逗自己笑。也因此，她還是靜靜走出了課室，獨自去吃飯。

彷彿有一股磁力般，她又被吸引到那家新加坡餐廳去了。

甚至乎，就像連上天也要跟她開個大玩笑似的，在她推門走進去時，她跟柳樂相遇的那一張二人餐桌，就在滿滿的餐館內獨獨的空置了出來，儼然是為了慶祝她的失戀而訂座了一樣。

不用侍應生帶領，她竟加快了腳步，唯恐不及的走到那座位坐下來。但侍應半分鐘後帶着兩個女人走過來，請獨個兒的普普坐到餐館另一邊的吧檯上。

孤立無援的普普，眼看只能站起來讓座，就在這時候，阿牛卻一屁股坐到普普對面，對侍應說：「很抱歉！我們也是兩位！」

侍應領着那兩個女人離去，普普向替她解窘的阿牛道謝：「這麼巧啊？小任他們呢？」

「不是巧合，我是跟蹤着妳來的。」阿牛說：「我也學妳一樣，甩掉他們了。」

「哦。」她聽到他這樣說，一下子沉默了。

侍應生走過來催促兩人落單，普普口裏在碎碎唸：「今天應該會很辣……」

「什麼？」阿牛拉下餐牌，他聽不清楚她在說什麼。

「今天是周一，是賽馬日的翌日，賭輸了的廚師會猛加辣。」普普慘笑了一下，「所以，今天不宜點星洲炒米。」

侍應生開口問兩人要吃什麼，普普認真的看了一下餐牌，合上：「一客星洲炒米。」

阿牛在心裏嘆口氣，對侍應生說：「我要海南雞飯。」

普普問：「你喜歡吃海南雞飯？」

「不，我打算在妳辣得吃不下去的時候，也可以跟妳調換來吃。」

「謝謝你。」

阿牛喝了一口冰水，讓自己的喉頭沒那麼乾澀才說：「妳仍很想念他吧？」

「不想提起他了。」普普神情很疲倦，「所以，我才連郭泡沫這個最好的朋友也隱瞞。否則，她這個愛情專家啊，又會向我搬出一大堆愛情理論了。」

「OK，妳大可不必聽她的。」阿牛握着那杯冰水，讓自己的混亂的心情冷靜下來，「但妳一定要聽我說幾句話。」

「你想說什麼？」

阿牛抬起了頭，向她正色道歉：「我是故意的。一切都出於我的自私。」

「故意什麼？」她聽得莫名其妙。

「我表面上想幫妳，其實——」阿牛說：「我故意拆散你們兩個。」

「為什麼？」她呆下來。

「其實我一直喜歡妳，妳知道嗎？」阿牛咬咬牙，鼓足勇氣才說下去：「我妒忌妳和除了我之外的男生的一切事情。」

普普又怔了半響才問：「但是……為何你卻幫我接近小任？」

「妳還不明白嗎？也只有這樣，我才能接近妳啊。」阿牛眉頭深深地鎖了一下，「可是——」普普默默注視着他。

「可是，最終我只想令妳找到幸福而已！無論是誰給予妳幸福！只要那是……真正屬於妳的幸福！」

＊＊＊＊＊

在任天堂、阿牛和普普約在太古城玩的那天，三人去了機舖打機，有兩個小任的朋友忽然出現了，小任就跑過去陪她們了，三人合作玩手指觸感機，跟電腦對戰過了一關又一關，興奮得一直Give me five，阿牛和普普感到很乏味，也就走出機舖呼吸新鮮空氣了。

普普不吐不快：「本來是跟他同行，卻來了愈來愈多不認識的人。」

「是輪不到自己去想啊！」阿牛說：「怎樣說呢……對於小任這種把全宇宙也視為朋友的人來說，這真有點難度。」

普普聽到這話就苦笑起來了。就在這個時候，她電話響起，她還以為是小任來電問兩人去了哪裏，一看來電顯示是柳樂。

普普呆呆的拿着手機，失去所有反應，直至電話響到停止為止。

阿牛問她是誰的來電，她在彷徨之下，向他如實相告了。

這時候，電話又響起來。

普普把手機拋到手袋裏，減低了大部分的聲量，但手機的震動仍是一下一下憾動着她的心。

阿牛在一旁看着她的舉動，「妳總不能避開他一世吧！」

她臉上木然地嘆息，「既然他一直喜歡的是Serena，為什麼要不停地找我？」

阿牛忽然說：「讓我幫妳吧！」

「你要怎樣幫我？」

「我自有辦法！」阿牛一拍壯闊胸膛笑了，「妳要相信，我也是男人啊，我對男人的弱點瞭如指掌就可以了。」

聽到阿牛這樣說，她居然有點安心。然後，按照着阿牛的指示，在柳樂死心不息的來電了八次之後，她終於接聽了。

依阿牛的方法，她打開了手機的揚聲器，讓阿牛也聽到柳樂的聲音。

柳樂說：「我買了兩張戲票。我們在看預告片時都很想看這齣戲，而且，我有話想對妳說。」

「你在這裏說便可以啊。」

「我想親口對妳說。」

普普用眼色詢問阿牛，阿牛向她點一下頭。她便答應了柳樂的約會。

在那個約會之前，阿牛便跟她說好了，在約的期間，他會不時傳上情深又肉麻的口訊和電話給她，她只要假借着郭泡沫那「有個男生正熱烈追求她」的想法便可以了，他就順勢假裝是那個熱烈追求她的男生，化名「JOE」。

「還有，」阿牛特別提醒她：「跟他吃飯的時候，假裝去洗手間，把妳的手機遺留在桌上。」

「為什麼？」

「他會偷看妳手機的內容。」

她脫口而出：「他不會。」

阿牛好像蠻有信心的說：「我猜他一定會。」

因此，在餐廳裏，當她看到他偷看着她的手機，她真的太難過了，很艱難才叫自己把腳步移回去。柳樂慌忙圓謊，把她的手機放回原位，她只是看了桌上的手機一眼，再想想面前的人竟是如此的陌生，她就不禁對他露出了一絲冷漠的冷笑。

柳樂堅持要送她回家，心裏感到十分難受的她，一直都期待他的解釋，甚至，他只是說句對不起也好，但始終沒有。終於，走出柴灣地鐵站，走了不多久便到達她家樓下了。

柳樂開口說：「如果可以的話……」

——請你千萬要說：「**我希望我們重新開始**。」

那麼，無論以前是誰對誰錯，我們便從這一刻起，重新開始過。

柳樂說：「我希望我們重未認識過。」

他說了相等字數的話，卻只是相等字數而已。

彷彿為了要保住最後的尊嚴，普普說：「我也這樣想。」

柳樂好像還要說什麼，但最後一句話也不說，連再見也不說，向她黯然笑了一笑，便掉頭離去了，再也沒有回頭地消失了。

兩人就這樣分手了。

＊＊＊＊＊

「我知道自己奸計得逞了，可是，我卻連一點快樂的感覺也沒有，我很不安樂。」

阿牛說：「用了這種方法去離間妳和他的感情，讓我一直覺得羞恥。」

一直默然不語的普普，這時開口了：

「我最近看了《希臘童話》的漫畫版，裏面有一個故事，讓我感到就像這一刻的我。」

「我很少看《希臘童話》，故事是怎樣的？」

「奧費斯想把愛人從地獄救出來，死神最終被奧費斯感動，與他談了條件，要求他一路上絕不能回頭，否則就無法如願的把愛人帶返世上……」普普雙眼無焦點，直勾勾的望向前方說：「可是，從地獄帶回愛人的奧費斯，一直感受不到尾隨在身後的愛人尤麗黛，由於心裏極度不安，即將回到人間的前一刻，他始終是回了頭，尤麗黛就此永墮地獄。」

阿牛看着普普，他思考她說這故事的意義，一下子說不出話來。

「就算，那是給他真正的測試，測試的結果，卻不是你所能控制的啊。」普普明白事理地說：「畢竟，他並沒有信任我，所以，他也不再值得我信任了。」

「無論如何，對不起！」阿牛仍是垂下眼瞼，鄭重地道歉。

「不要緊。」普普安慰似的說：「真的，那只是我和他之間的問題而已。我也很高興，你讓我有機會看清楚真實的他。」

「對啊，妳也看清楚真實的我了。」阿牛抖擻精神，「從今以後，我自問也失去追求妳的資格了，但請妳不要討厭我。」

普普搖搖頭，對阿牛會心微笑，阿牛也鬆口氣的笑了。

這時候，侍應生給兩人端菜，普普吃了一口，一陣辛辣攻上了鼻，好辣！辣味嗆得她雙眼都滲出淚水了。

阿牛抽出一張紙巾，「可以接受我的道歉嗎？」

普普用力的點了點頭。

「真的願意接受，就讓我替妳抹掉眼淚。」

「我不是在哭，只是太辣了，刺激了眼淚！」

「但我可以替妳抹淚嗎？」他真誠的問：「可以嗎？」

「可以。」

「真的可以嗎？」阿牛也想不到自己看來實在過分的要求，竟然獲得她准許。他想要確定的問：「真的可以嗎？」

「可以。」在心傷透的此時此刻，她只想有個人安慰自己而已。

阿牛走過去在她身邊坐下，拿着紙巾，彷如為一尊聖母像作潤飾似的，小心翼翼的伸手去，替她抹掉了臉上的淚珠。

「其實啊，我也該為自己抹眼淚的。」阿牛自己也有點難過，他作狀替自己抹着眼，「聽說，我也失戀了啊！」

普普被他逗得笑起來了。

2

心情惡劣的柳樂，從漫畫店租了一套平時絕對不會租借的《惡魔人》回家，《惡魔人》的作者永井豪是日本暴力漫畫的表表者，只要想得出的虐待折磨人的變態方法，在他的漫畫裏都能找到。柳樂幾年前看過他其中一本《炎魔君》，看得他那晚頻頻發噩夢，明知不對胃口，以後也不再租了。

可是，他今天實在是太難過，所以，他要找一些使自己看得痛快的漫畫，便想到了永井豪。

跟普普正式分手的翌日，他這天根本提不起勁上學。

大清早的時候，他賴牀賴到最後一秒鐘才起牀，明知請假也沒用，頹喪也沒用。回到學校去，太難受的時候，可以找軍曹談一談（軍曹再忙也會抽出十分鐘應酬自己吧），還有的是，回到了學校，感覺上還是比較接近普普多一點。

好不容易捱到了午飯時間，柳樂走到普普學校對面的便利店，透過落地玻璃注視着她的校門，留意着走出校門的每一個女生，希望能夠再見到普普一面。

他決定要盡自己最後的努力，去為兩人製造最後一場**相遇**。

柳樂一直站在便利店內，無視於店務員用一種怪異的目光看他，恐防稍不留神他就會偷東西那樣。他只是一直注視着她的校門，恐怕在大群湧出來的女生中給她意外地逃脱了。

直至，有一種很深刻的感覺，他突然感到自己即將會見到她，就在這種想法不到半分鐘後——普普出現了。

他遠遠的注視着她，注視身穿校服的她，她身邊的人好像一個一個的給電腦效果褪去了，他眼中除了她之外，什麼都失焦了。

順着她的腳步，與她隔着一條馬路的走，她只是一個人的走，她會到哪裏去呢？她沒有跟同學去吃飯嗎？抑或，她一早已約了人？

他用患得患失的心情隨着她走，直至，看到她走進新加坡餐廳，他感到全身的血液都升溫了。

——這是他倆第一次相遇的餐廳。就是那一碟辣得她眼淚鼻水漣漣的星洲炒米，撮合了她和他！

妳是在掛念我嗎？

或者說，妳會掛念我嗎？

掛念一個人時，

總會不自覺的走到可供自己放肆地掛念那人的地方。

不是嗎？

餐廳落下了窗簾，普普走進去後，柳樂就完全看不到她了。就算不曾證實，但他心裏的喜悅已不安分地湧出來，將憂鬱的情緒一下子蓋過了。

他考慮了一會，便決定推門而入，在第一眼搜索的位置，居然如願以償的看到普普了。

柳樂真真正正的感動了。

普普正坐在兩人第一次對坐着的卡位上，雖然，她背着門口而坐，但他一看到她頭上藍色的髮夾，就知道是她。

我盯着一頭獵物似的盯着背向我的妳，
感覺自己變成一頭獅子，
準備要馬上撲上去往妳頸背嚙咬下去，
然後把妳好好的叨走。

在這麼的一刻，柳樂一直像被什麼高高地鈎起了的心，終於脫鈎，溫柔地納回了原處。

侍應生走過來招呼柳樂，忽然有了這樣的轉機，他反而一下子措手不及。就在這時候，另一個侍應生帶着兩個女人走近普普，好像跟獨坐在雙人卡位的她要求調位，當柳樂決定要跟侍應生說：「我找到朋友了。」就要朝普普走去時，一個身型相當魁梧的男生正好推門進來，與他擦身而過，直走到普普對面坐了下來，大塊頭不知說了一句什麼，就把兩個女人氣走了。

——柳樂的心驟降到冰點。

最後，他跟那兩個不斷在說公司同事是非的女人，被侍應生安排在吧檯前坐下。他一直側着頭盯緊普普和大塊頭，普普一直跟他談心，而大塊頭只是用溫柔又憐惜的眼神看着她，偶然會用像呵小朋友那種表情跟她說幾句話。

他遠遠看着，再看到坐在他曾經坐過的位置的大塊頭，忽然明白了她這樣做的意圖。

——原來，他的位置已被人取代了。

然後，普普說到傷心處，該是落淚了。大塊頭坐到普普身邊去，輕輕地為她抹眼淚……看到這一幕，他已經再也沒法看下去了。

他靜靜結了賬，靜靜地離開了不再屬於「我們」的地方。原來，真正要結束一段關係，總要返回當初開始的那個地方。

走出了大街，漫無目的地向前行，他跟她之間該正式結束了，最後一絲的希望也終究泯滅，一個人的生活正式回復了。

＊＊＊＊＊

捧着一大疊暴力漫畫回家，正好在大廈門口，與離家的妹妹和小豬碰個正着，那隻豬向他點了一下頭，妹妹則提醒他說：「你這麼早便回家？今日大廈維修，沒有食水供應啊！」

柳樂沒神沒氣的應了一聲，三人便擦身而過了。

返回房間，隨手把書包拋到地上去，整個人重重的倒在牀上，用放在牀頭的遙控器打開了書櫃前的CD機，選曲子的時候，他總覺得有什麼不妥。把視線從CD機轉開去，他很快便看見在書櫃上他所收藏的漫畫中，《死亡筆記8》及《死亡筆記11》之間的兩冊位置騰空了。

柳樂心頭的怒火頃刻燃燒起來。

他第一時間從牀上跳起來，拿起電話撥妹妹的手機號碼，但再想了幾秒鐘，他就放下了電話。他明知兩本漫畫就在小豬身上，一旦打草驚蛇就可能找不回來了。

他想起剛才跟兩人相遇時，妹妹穿着的是人字拖，她是到家附近才會這樣穿的。因此，他氣沖沖就出門了，很快在鄰近商場的快餐店，找到正在吃下午茶餐的兩人。

他直走到兩人對面的空位坐下。

小豬見柳樂前來，不記前嫌地說：「樂哥，你也來吃下午茶，由我請客吧。」他怎麼說也是女友的哥哥，罵戰無益。

當小豬站起來，想替柳樂去買下午茶，柳樂卻沉聲喝道：「坐下！」

「不要緊，我去買。」

他提高聲音：「我叫你給我坐下！」

站起一半身的小豬，給莫名其妙的怒瞪，也只好重新坐下了。

在小豬身邊的妹妹，心情好不到哪裏去，她大聲的說：「喂，司徒柳樂，幹什麼啊？」

她的聲浪引起了周圍食客的注意。

柳樂半眼也沒看司徒戴月，直視着小豬：「你『借』了我的東西，快交出來。」

小豬猛皺眉頭，「你的意思是偷吧？」

「也可以這樣說。」

「司徒柳樂，你怎可——」

小豬打斷了戴月維護着他的話，對柳樂說：「沒關係，這就是妳哥對我的印象吧！」

他浪蕩一笑，把自己的書包用力拋到餐檯上，「請隨便搜！」

他沒料到有此一着，一下子不知伸不伸手去搜才好，只是呆看着那個軍裝的墨綠色背囊。

很多食客也朝着柳樂這邊望去，小豬用視線橫掃着眾人，一副要揍人的臭臉，揚聲地問：「怎樣？你們都是用眼睛吃飯的啊？也別嘗試拿起手機拍攝，除非你想換新機！」

食客們見到小豬的氣勢，皆把目光移開去了，也沒人敢拿起手機拍下來。

在勢成騎虎的情況下，當柳樂的手移近背囊的拉鏈，妹妹忽然用堅決又冷漠的語氣說：「司徒柳樂，你試碰一下，我跟你脫離兄妹關係。」

柳樂無限怔然的看着妹妹，「妳真有那麼信任他？」

「我信任的是我自己。」

柳樂凝結在半空的手，終於慢慢縮回去了。

******

深夜的時候，打完麻將回來的母親，打開柳樂的房門，把《死亡筆記9》和《死亡筆記10》兩本漫畫拋到他牀上。

柳樂當場呆住了：「是妳拿了啊？」

「我乘巴士到麻將館的車程上看。」母親問：「第十二集是不是大結局？」

他沒回答她，抱怨的問她：「妳為什麼不告訴我？」

「是我給你零用錢買的，我喜歡什麼都可以隨便拿去！」

「不是這個問題——」

「那即沒問題了！」

母親再也不理會他，用力關上他的房門，讓他閉了嘴。

柳樂走到妹妹的房門前，她從剛才回家後就一直把自己關進房間裏了。柳樂好幾次想敲門或直接扭開她的門把，最後卻什麼也做不到。

如今想起來，自己今天根本就是喪失了理智。只要他在自以為失竊的當時，可以冷靜一下，應該會想到母親可能拿走了漫畫。當時他只不過想找一個人，找一些事去借題發洩滿腔的悲憤而已。

可想而知，看到普普跟其他男生依偎的情景，對他來說造成了多大的哀痛。

返回房間，盯着牀上的兩本漫畫，他知道自己做了非常非常錯誤的事。

他用雙手掩著了臉，久久沒法放下來。

我好像沒有做對過一件事，
打從你離開了我的生活開始。
以為會重獲新生的我，
都被往生撥正反亂了。
但與此同時，
我感到重新被你包圍的微熱……

第8章

用水筆所寫的日記都會不着痕迹的消失

很奇怪吧，
日記應該是私人的，
卻被放到網上去，
供毫不相干的人細閱。

也許，我們真正想要的，
是被人偷取了某件事的
贖罪感……

1

小息時分，普普捧着熱維他奶在發呆，阿牛拿了兩串魚蛋過來，遞一串給她。

「我不要了。」

「趁熱吃吧！」阿牛告訴她：「吃魚蛋會令人心情愉快！」

「你聽誰說的？」

阿牛笨拙地說：「至少我是這樣認為的！」

普普接過魚蛋，狠狠地咬了一顆，一雙眼沒焦點的放到遠處。

阿牛看着她的嚼勁，就知道她心情還是很壞，都已經過了一個多星期了，他不得不開口建議：

「不如，我倆商量一下，有什麼方法可以令妳和男友復合吧。」

普普的雙眼這才聚焦起來，她轉過臉來看阿牛，用否定的語氣說：「我沒有打算跟他復合。」

「但妳仍很喜歡他，不是嗎？」

「可是，就算有機會，我應該繼續跟他在一起嗎？」普普一臉的惘然，「如果，我倆之間的信任都已經消失了……」

阿牛搖一下頭，用心的說：「最重要的是：仍然喜歡或不再喜歡了。」

普普垂下了眼瞼，對嗎？

阿牛那句話，不斷在她心裏迴旋：最重要的是，仍然喜歡或不再喜歡了。

直至這一秒鐘，

我還是沒法不喜歡你。

上課前，普普去了女廁一趟，碰上在大鏡子前配戴灰色鏡片的郭泡沫，她單着眼睛對普普說：「喂，妳近來跟阿牛走得很近啊。」

「我們之間沒事啦。」

「以妳這種內向的性格，一定不會承認。」郭泡沫說：「只不過，我也不是在大興問罪，只是想關心一下妳的感情狀態吧。」

普普把阿牛幫忙她的事如實相告，郭泡沫聽完後，發表她的一套想法：「妳相信阿牛嗎？這可能是任天堂和他的計劃啊！」

「什麼計劃？」

「有一個可能，阿牛知道自己想追求妳，根本沒多大把握，所以，他就把那個非常虛假的自己攤開來給妳看，改用一個非常真誠的聆聽者身分去迎合妳。」由同學們給了綽號「愛情專家」的郭泡沫，說得言之鑿鑿：「妳看他不是成功了嗎？他已經成功接近妳了，連妳要不要跟電車男復合，他也要參一腳！」

普普聽完，感到渾身不舒服，為何一關於感情的事，到了郭泡沫眼中都會變成陰謀論呢？

她搖搖頭，「妳想太多了吧？」

「是妳太少留意那些街頭騙案了。這個世界，騙子太多了！」郭泡沫把隱形眼鏡的鏡盒合上，對她說：「再老幾年，妳一定會遇上祈福黨，連生果金也給騙徒騙去！」

普普苦笑沉默下來。

放學的時候，阿牛走到她身邊去，神情興奮地說：「我想到辦法了，那很簡單！」他一疊聲的說：「既然一切都是我教妳的，妳致電給男友，我向他親口解釋一切，你倆之間的誤會就會冰釋了。」

也不知是否聽信了郭泡沫的話，普普只覺得面前的阿牛，真摯的表情、真摯的話都顯得很虛假。

「我希望——」

阿牛止住了口，「嗯？」

她很艱難才吐出語氣強硬的一句：「我希望，你以後不要再管我的事了！」

阿牛怔住好一會，才勉強一笑：「……那好吧。」

*****

放學後，普普走到旺角最大的漫畫書坊看漫畫書，書坊收費方法是每小時計算，除了任看店內的雜誌書刊也包括任飲店內飲品，也是伐算。

她在自助咖啡機前沖杯 Mocha 時，與旁邊正在大冰箱前拿可口可樂的任天堂打了個照面，兩人都笑起來了。

「普普，妳為何在這裏？」

「我在追看一套漫畫。」

「我不知道妳看漫畫啊。」任天堂臉上疑惑的想了想，「應該說，從沒聽妳提過喜歡漫畫，我只知道妳喜歡看《哈利波特》。」

「看漫畫比看小說輕鬆啊。」

「妳很緊張嗎？生活逼人啊？有沒有因壓力大而掉頭髮？」

普普給他逗得笑了一下，「你呢？小任，你在這裏幹什麼？」

「我每星期也來看一趟雜誌啊！這裏什麼雜誌也有。電腦的、時裝的、遊戲的，揭人私隱的、揭人底褲的，全部都翻過就算，免得買了在家裏的馬桶旁堆積如山嘛！」他看看櫃台那邊，向她偷偷的說：「況且，這裏收費一點也不貴，我喝兩罐可樂，再偷多兩罐，就已經值回票價了啊！」

普普用膠棒攪着那杯冒出濃濃香味的 Mocha，又笑了。

「好了，我去看雜誌了，並會順道撕掉書內的優惠券。」任天堂笑了，正欲轉身回他的座位，「妳可不要揭發我的惡行啊！」

「對啊，我想問你一下——」

他壓低聲音：「一罐放在校褸的內袋，一罐收在腹後夾到的校褲或校裙頭，千萬別放在校褸兩邊的外袋，太明顯了啊！除非妳想間接承認自己長了大腫瘤！」

她揮一下手說：「不是這個。」

「難道，妳想偷咖啡機？」任天堂驚異地說，但他用手擦擦下巴，露出足智多謀的神態：「也不是沒可能，但難度比較高。」

普普笑個不停，這個小任實在太厲害了，講每句話皆有令人捧腹的能力。

「我想問問，關於阿牛的事。」

小任彷彿知道她遲早會問這事，他簡單點頭，示意她問下去。

普普把郭泡沫猜測的那套陰謀論說出來，問任天堂她猜得是對是錯？

「我們這裏說完，這裏隨風而散好吧？」小任這樣說。

「OK。」

「阿牛鼓勵妳跟男友見面後，他嚇到賴尿，跑過來向我求教。所以，這一切都是我教他的，什麼不停打電話和傳訊息給妳，什麼留低手機在餐桌上，佈下陷阱等妳男友上當等等。」任天堂說得很輕鬆：「阿牛再想一百年，也不會想到這些的啊。」

普普沉默下來。

「好了，我正式回答妳剛才的問題：阿牛攤開虛假的自己，用童叟無欺的自己接近妳，是不是我和他一起想出來的計劃？」

普着靜靜的凝視着他。

「答案是：不是！」任天堂分析似的說：「他做了妳的愛情軍師，本來就順勢跟妳成了朋友啊，根本無需節外生枝了吧！可是，他卻不問我意見，就逕自向妳贖罪了，鼓勵妳去跟男友復合，阿牛這個人啊，太老實也太善良了。他敵不過的，是他自己的真心……。」

普普聽到這句話，整個人便放鬆下來。

他笑着搖了搖頭，「阿牛啊，總是對我言聽計從的……可是，他這次卻違背了我倆的計劃單獨行事，我反而更欣賞他的真性情，他連害人都不會。」

普普聽得感動，她讚歎的說：「還是你了解他。」

「妳也可以多了解他啊。」他問：「難道，妳真不會嘗試考慮他？」

「我還是想跟他做朋友。」

「妳大概應該好好考慮他。如果他並非真的喜歡妳，一定會跟我的計劃進行的。可是，他連欺騙妳的感情也做不到，可想而知他真的很喜歡妳。」任天堂努力的推銷阿牛：「不像我的表裏不一，我其實不是個好人吧！雖然，我總給人看我『天使麵』的一面，而事實上，我是一碗『地獄拉麵』啊！」

普普知道任天堂想撮合她和阿牛，她直接地說：「我想我跟他永遠也無法成為情人的。」既然如此，就讓他向阿牛傳話吧。

「能夠給我一個充分的理由嗎？」他說：「在這裏說，在這裏隨風而散。」

普普想了整整十秒鐘，才直接的說：「他長得實在太醜了！」首趟說出壓在心頭很久的真話，她又覺得自己實在罪大惡極。

「我同意。」任天堂苦笑一下，彷似一如所料的說：「這個理由夠充分了。」

她內疚起來，「對不起——」

「又不是我生他的，妳跟我說抱歉幹麼？」任天堂瞪大眼。

普普苦笑了一下。

「好了，我以後也不強逼妳了，也不會再替你倆搭橋鋪路了。」任天堂狡猾一笑，「記住了，這可不是我和妳之間的計劃啊！」

普普用力點了點頭。

她用兩小時看完五本漫畫的個人紀錄，看畢了整套漫畫後，離開店子時，見到任天堂仍在，便跟他說拜拜。他身邊有一疊厚厚的雜誌，還放了六罐開了封的可樂，他肚子鼓脹到有七個月身孕，普普終於不懷疑他的話，他真的賺到了。

走出大街，普普才霍然驚覺，她剛才在任天堂面前，半點也沒有面紅耳赤，說話也沒有結結巴巴，只是心情輕鬆的跟他對談着，可想而知她對他的一直猶如小女孩迷戀偶像般的喜歡，已悄悄然消失了。

一想到這裏，她拿出了手機，按入「我的影片」，把一條又一條過去在課室內偷拍任天堂的短片刪除了。

自此以後，她知道自己也可以把任天堂視作一個朋友般去看待了。

2

一有空閒，柳樂總喜歡走到那家連鎖式漫畫書坊消磨時間。

他已計算過了，以店內每小時的定額收費計算，他看漫畫的速度大概可看上兩三本，再加上那裏的罐裝汽水、紙包飲品和熱咖啡等可任飲，其實跟在漫畫店租書的錢差不多。當然，在家附近的老式漫畫店租了，可拿回家慢慢地看兩三天，那份閒情又是不同的。

這一天，是普普生日前夕，柳樂走到尖沙嘴分店消磨了三個小時，勁喝了三罐可樂一包檸檬茶兩杯熱咖啡（保證賺到了！），到了半夜十一時許，他才滿腦子都是漫畫內容、頭昏腦脹地離開。

像是指定動作一樣，他的腳步不能自制的邁向距離漫畫書坊不遠的海運大廈，為的卻不是逛海港城的商舖，而是直走上海運大廈的天台上。

對柳樂來説，這裏才是他的私人地帶，每逢有什麼不開心，就會走上來吹吹海風。在這附近的文化中心和尖東海旁一帶，就像是情侶們專屬的地方似的，一個人走在那裏，只會突顯自己真的很孤獨而已！

柳樂第一次是在誤打誤撞之下走上來的。

那時候，有一艘超級遊輪停泊在香港的海運碼頭，因為它實在太巨型太漂亮了，柳樂去過尖沙咀區的漫畫書坊，便順道去一看。他為了能近距離欣賞整艘遊輪的各個外觀部分，便沿着遊輪上了幾層樓梯，去到天台的停車場，竟發現那裏海闊天空——尤其在晚上，車輛幾乎已走清光，人迹更是罕見。

自此以後，他總是留戀着這地方，一來到這裏，便好像替他的孤獨找到了若干的安慰似的。

在此之前，他從沒帶過別人上來，就算是在學校內最相熟的軍曹也不肯帶來，就是恐怕有人分薄了他的安慰。

＊＊＊＊＊

再次站在海運大廈的天台上，他這才發現，面對着整個維港的「中國平安」超大型霓虹招牌，竟不知何時已轉換成「中國人壽」了。

悄悄地，趁着他走漏眼不察覺之際，一切都改變了，包括他和普普的感情。

在「中國平安」年代，僅此一次的，他帶着普普上來。

那是個天氣晴朗的下午，柳樂帶她去漫畫書坊。根本不看漫畫的她，對於有一個可看漫畫雜誌、也能上網的地方而感到新鮮。他見她喜歡，便替她辦會員證，好利用會員的優惠，例如收費較平，如預先繳款買儲值卡更有額外優惠。

當兩人踏出漫畫書坊，柳樂突然有帶她上海運大廈天台的衝動。

「帶妳去一個地方好嗎？」

「什麼地方？」

「我最不開心的時間，都會去那裏。」

普普問：「你現在很不開心嗎？」

柳樂知道自己惹她誤會了，他笑着說：「不是，我現在就是很開心，想起自己以後可能再也不必去了，才帶妳去看這個遺迹啊。」

「好啊，我想去。」

兩人走到天台，停泊的車子已走得七七八八，氣氛有點肅殺，普普卻像一下子就喜歡上這裏似的，兩人看着天星碼頭和整個維港的景觀，她問：「這裏的氣氛很好！為什麼那麼少人？」

「人們都喜愛熱鬧的吧。」他轉頭看看巨型的「中國平安」霓虹招牌，幾百枝的光管一同發出輕微的吱吱聲。他說：「相對之下，這裏太冷清了。」

「我倒覺得很舒服。」

「是什麼時候真正愛上這裏呢？」柳樂回憶起來說：「那是因為，有一次，我在學校給一群高年級的惡霸打了，就跑上這裏來，用水筆在牆壁上寫字，把滿腔的憤怒都發泄出來，然後，就覺得整個人放鬆下來了。」

「那些字呢？」普普問：「還在嗎？」

「都好幾年了啦！一早沒有了！」柳樂帶她走到曾經寫下字的那道牆壁前，他蹲下身來看看，米白色的牆壁給洗擦得乾乾淨淨。他對她失笑，「況且，我是故意用水筆寫上去的，為了等下一次雨天時，雨點會把所有墨水迹擦走。對清潔工人來說，也算是一種體貼吧？」

「你想得很周到。」

「那次以後，在我最不開心的時候，都會走到這裏『塗鴉』。」

「原來，你也是個頗感性的人。」她讚賞。

「不是啦，如果我真的夠感性，就會把塗鴉的字放上臉書或IG，博取大家的共鳴或同情吧。」柳樂說：「可是，我覺得那是少女才做的事情吧。男孩子的心情不應公開，最多說說罷了。」

「不過，我仍喜歡你這種做法。」普普憧憬地說：「在牆壁上寫心事，我也想試一試。」

「那麼，妳自己要預備水筆了。」他提醒說：「千萬別要用原子筆，會洗不掉的啊。」

「知道。」她笑了。

＊＊＊＊＊

柳樂回想一下，為何要帶普普上來呢？

心血來潮是說不通的，不如說，他是真心真意想把她帶到這個對他來說有特別感情的地方，跟他肩並肩的站在欄杆前，視線毫無阻隔地欣賞着整個維港景色，讓他真切地感受到身邊有了人的氣息。

那麼，他就會深深感到自己不再孤獨，也不用再以孤獨自居了。

他希望藉這個地方，見證着她令他脫離了孤獨。

可是，當他要獨自返回天台的這一刻，卻彷彿比起過去任何一刻都更孤獨。

在普普生日的前一晚，他獨個兒的亂走着，可是他清楚，自己無論如何也會走上海運大廈的天台來。

他已經沒有在這裏碰見她的意圖了，這裏應該是她故意選擇不來的地方。

只因，她可能察覺到了，她會在這裏碰到他。

他來到時，時間已是十一時多了，他站在靠海那邊的欄杆前，幻想普普這一刻在做什麼。但無論她做什麼，他也失去參與的資格了。

無法與她共度第一個生辰的他唯一可以做的，就只有默默地祝福她。

當手錶的時針分針在「十二」那數字上重疊，他對着大海輕輕說了句：「普普，祝妳生日快樂！」

他會不會是第一個對她說生日快樂的人？在他出門前，將手錶與電台對了時，希望能分秒不差的成為第一個向她送上遙遙祝福的人。

這個晚上，天上一顆星星也沒有，月亮也沒有出現，只有黑壓壓的雲，柳樂真想忽然有一顆流星墜落，好讓他有機會誠心許一個願。

就在這時候，柳樂看到地上有一根被人掉棄，快要燒殆至盡頭的煙蒂。

柳樂把它撿起來，走到欄杆前，用指頭向着大海一彈，一道火光便從半空以漂亮的弧度掉落了，它正正就是他的流星了吧。

在它落地前，他誠心誠意的許了一個願。

——如果世上真有某種力量，能夠幫他實現一個願望，他希望這一個願望，是他和她一同把它實現。

如果妳能夠看到，我愛妳。

如果妳能夠看到……請繼續愛我。

3

凌晨二時多，柳樂臨睡前躺在牀上，手機開啟了 Wechat，開始跟 Serena 說話。

雖然說出來很奇怪，
也無法解釋，
但我知道以後也不會用 Wechat 了。

嗯，你是來向我道別的嗎？

是，對的，我來道別的。

Serena 居然聰明得可以看穿他的思想。

如果原因只是我的存在而構成麻煩，你也可把我從名單中刪除的。

不，我不能這樣做。

為什麼？

因為我喜歡妳。

對啊，我喜歡妳很久了。三年了

喜歡我？

你喜歡我什麼？

我喜歡妳漂亮的臉孔……
直至我倆 WeChat 通話前，
我也是這樣想。

你下一句是「不過──」，
不過怎樣？

不過，請妳不要誤會，
我對妳的只是過去式的喜歡。
現在的妳，
卻在提醒我自己有多幸福。

幸福？

妳是我曾經喜歡過的人，我有時不禁會這樣想，
我是否浪費了三年時間在妳身上呢？
但跟妳有了真實的接觸後，
我反而有種真相大白的領悟，
妳對待一個人如此的好，
就算那只是個談不上認識的陌生人，妳也善意對待，
我為了自己喜歡過妳而覺得自豪。

Serena 一下沒回應，柳樂續寫下去：

現在的妳，
作用就是提醒我要更加珍惜她，
所以，我覺得很幸福，
我是世上最幸福的人。

祝你們永遠幸福！

謝謝妳，我會努力的。

真羨慕被你喜歡着的她。

不，一早不喜歡她了。

然後，柳樂靜靜的打了三個字：

我愛她。

如果一個男孩能夠在其他女孩面前承認他愛一個人。那麼，他真的愛她至深至誠。

看着這句話，柳樂的鼻子忽然發酸得厲害，眼淚不知不覺流滿一臉。

他從來不能想像自己會為一句話而哭的，除非，她這句話真正打中他那個最脆弱的紅心。

讓自己哭一次吧，既然也不會有人知道的，而他也按捺得太久了。

他硬起心腸，把他的 Wechat 戶口註銷了，也從手機刪掉了整個 App，他知道自己不會再安裝了。

他問自己為何要斷掉他和 Serena 之間的聯繫，只因她對他說的一句話——事實上很傻，但他寧願如此——「你讓我見識到一個男孩子可以對他女友有多麼好！」為了她這句話，他必須**不負所托**。

他必須遠離 Serena，才能成就自己成為她心目中的那個人。

一切很完美的完結。

這就是柳樂送給普普的一份，她永遠看不到的生日禮物。

我有時會很遺憾我是我自己，
如果我能夠重新做人，
我會做除了我自己以外的任何人，
那麼，
我大抵就能夠溫柔地安慰
絕望的我……

第9章

最重要的是，仍然喜歡或不再喜歡了

我一直在想，
我們都說用心去喜歡一個人，
但萬一有一天我做了心臟移植手術呢？
我會不會就能夠不那麼想你了？
抑或，必須到了那一刻，
我才知道自己居然可以這麼想你……

1

普普生日，沒有人當作是一件大事去看待。

大清早回到學校，就只有郭泡沫、任天堂和阿牛記得今天是她生辰，他們都只是走過來跟她說聲「生日快樂」而已，因此可知，普普在學校裏稔熟的人，來來去去也只得幾個。

事實上，普普更害怕不相熟的人走過來跟她道賀，尤其當同班了數年也不交談，卻只有在她生日那天才高高興興跟她說一句生日快樂的，她會覺得一切來得太假了。

上到第三節課的時候，普普累得實在沒法子，就伏在桌上睡着了。

昨天晚上，一直在 Whatsapp 裏把柳樂的名字封鎖着的她，終於把他解封了。無論如何，她很希望收到的第一個祝福訊息，是他。

就算是一句最簡單的「生日快樂」也好，她相信她一定會因他而覺得這個生日值得⋯⋯⋯⋯⋯⋯⋯⋯

快樂的。

……

可是，由晚上十一時多開始等，等到正正凌晨十二時，他也沒說一句話。他也許已忘掉她的生日了，又或者從來沒有記得過。

她呆坐在電腦前看租回來的漫畫《愛似百匯1》和《愛似百匯2》，直看至接近凌晨二時，她由P.68跳頁看了P.73也不覺，她就知道自己必須睡覺了。

關上手機之前，她最後一次看「柳樂~叮噹原來是自閉症的大雄幻想出來的，這結局誰都不喜歡只得我感動」這名字，

對它說了句：「祝我生日快樂！」

然後，她便正式下線，關上手機睡去了。

*****

放學後，被老師編在一組做 Project 的普普、郭泡沫和藍閱山，由於在下午六時前必須遞交的關係，三人到了學校附近的快餐店吃過下午茶，即席就作最後的趕工了，藍閱山的手機卻像從未停過響鬧一樣，不是有來電就是有 Whatsapp、Wechat、Messenger，她多次進出嘈吵的快餐店外談電話，或又停下來覆訊息，讓郭泡沫好生煩厭。

她盯盯店門外的藍閱山說：「她以後不做電話接線生，真是太浪費了她。」

普普倒沒什麼好批評，藍閱山一向也是這樣的吧，喜歡她的男生也太多了吧。大家平日隨大隊吃午飯，說幾句閒話當然無所謂，但講到要彼此合作，她也真是個難搞的對象，因她的生活也太多姿多采了。

況且，對於楚浮被鎖在儲藏室、藍閱山把鎖匙拋給她保管那件事，普普仍是耿耿於懷。

在她心中，藍閱山是那種表面亮麗、內心奸險的小人，總喜歡以嘲弄別人為樂……這種惡名昭彰的印象，在普普心裏植了根。

交Project的時間愈來愈緊逼，普普也已經很累了，她只求盡快完成，然後不顧一切的回家倒頭大睡。

這時候，有三個鄰校的女生捧着餐盤在店內到處找位子，但由於店子爆滿，三人便走到普普和郭泡沫身旁站定，企圖用群眾壓力，逼使霸佔位子的她們離去。

郭泡沫冷冷的看了三人一眼，便當作若無其事的繼續埋頭苦幹了。普普倒沒有郭泡沫般冷靜，有三個人近距離的站在她身後，讓她感到自己簡直就像Discovery Channel中被觀察的動物，實在沒法集中精神了。

終於，普普忍不住轉頭向三名女生禮貌地說：「對不起，我們沒那麼快離開的啊。」其中一個眼睛特別細小的女生，卻對她很不客氣地說：「這裏是快餐店，不是自修室，吃完馬上走啦！」

普普只想要做做好心，反被不善意對待，她真的生氣起來了，對女生倔強的說：「這裏沒規定坐多久就要離開，妳們有耐性便繼續等下去吧。事先聲明，我們會坐到六點鐘！」

郭泡沫聽到普普這樣說，馬上出言挺她，也抬眼對三人微笑，「對啊，有空便慢慢等囉！」

女生們欲要發作，剛才沒禮貌的細眼睛女生卻制止了同伴，向普普和郭泡沫露出一個別有用心的冷笑，便走開去了。

郭泡沫看着三人走遠了的背影，忍不住破口大罵：「這麼大的一家快餐店，為什麼總要煩着我們？」

「對啊！」普普心情也很納悶。

郭泡沫稱讚普普，「只不過，普普妳真勇敢！妳竟然擊退了她們，真不像平時的妳啊！」

「今天是我生日啊！」普普也不知自己為何會發瘋，她十分疲累的說：「好事遇不上，卻遇上了討厭的 Project、再遇上討厭的人，真是禍不單行！」

藍閱山折返，從店外見到剛才的爭執，她問兩人：「什麼事了？」

「沒什麼，只是撞見了三名精神病院逃出來的女院友！」郭泡沫哼了一聲，再朝向三名女生，卻也找不到她們影蹤了。

藍閱山也趕忙做着手頭上分工的作業，沒追問下去了。

接近六時，Project終於大功告成。普普和郭泡沫去女廁一趟，就準備回校遞交功課。

這時候，藍閱山的電話又響起來，她就坐着接聽了。

兩人離開了店子，走到商場女廁，一早埋藏在暗處的三個女生吊着她們身後，把兩人用力推進了女廁旁的後樓梯，把她們逼到牆角去。

細眼睛的女生微笑着説：「喂，妳們的態度可真惡劣，是老師沒教好吧？」

郭泡沫害怕地問：「喂，妳們想怎樣？打劫啊？」

「不是啦，妳們不是打劫的好對象！」細眼睛的女生忽然從校裙取出了一把彈弓刀，

「我想送妳們一份禮物！」

在細眼睛女生兩旁的同伴，也好像給她的舉動嚇呆了。

細眼睛女生把刀鋒在兩人眼前游移，「妳們兩個是好朋友，我沒猜錯吧？」

普普早給嚇得面色煞白，郭泡沫強撐着說：「妳到底想幹什麼？」

「做完學校的 Project，現在輪到測試友誼的 Project 了。」細眼睛忽然把刀尖迅速送前，架到郭泡沫的臉頰旁。

「如果我要在妳們其中一人的臉上劃一刀，妳們可會為了維護好朋友而犧牲自己？」

普普和郭泡沫臉色鐵青，誰也不敢回應一句。

細眼睛女生得逞的微笑了，一臉得意的說：「誰要是自願的話，就說出來啊！」

細眼睛旁的女生愈來愈不安，臉色也好不到哪裏去，其中一人神情難堪地勸道：

「我們說好了，只是唬嚇一下她們——」

「我突然改變主意了。」細眼睛女生對兩人說。她很快轉眼看看郭泡沫，「妳能夠嗎？」

「我——」郭泡沫好久也吐不出話來。

「說啊！親口把妳的答案說出來！」她把刀鋒更貼近她肌膚。

郭泡沫彷彿可感受到刀鋒的寒意，她垂下眼，虛弱地說：「她不是我的朋友！」

普普聽到郭泡沫的話，整個人和一顆心好像結成了冰塊，難以置信地望着她。

細眼睛女生充滿惡意的笑了，「直接跟她說！」

在刀尖脅意下的郭泡沫，凝視着普普，好像下定了什麼決心，一字一字的對她認真地說：「我從來也不把妳當作是我的朋友！」

普普一字一句聽得清清楚楚，她雙眼通紅了。不知怎的，看着郭泡沫的這一刻，她心裏想到的卻是她曾經對自己講過的一句：「**喂，妳給人欺負，我能夠坐視不理嗎？**」

兩種聲音在普普腦裏互疊，最後變成了一片空白。

「謝謝妳的坦白。」細眼睛女生把刀抽回，一下拉到普普臉旁。

「妳呢？輪到妳了。」

普普的臉跟刀尖只距離半吋，她正開口想說：「我——」

就在這時候，有人忽然推開後樓梯的防煙門，所有人都嚇了一跳，來者是藍�山。

藍閱山看起來已在門後躲很久了，她用平靜得出奇的語氣，對細眼睛女生說：「不要再折磨她們了。」

細眼睛女生把刀尖指向藍閱山，藍閱山望着刀鋒微笑，「要玩嗎？我陪妳玩！」她忽然用力握着女生緊握彈弓刀的手腕，慢慢地把刀鋒移近自己的臉。

「妳幹什麼？」細眼睛女生一下甩不掉她，與她用力拉扯着。

「妳不是很想割爛人家的臉嗎？記得要剁十字，那麼，傷痕就會永遠被留下了。」

藍閱山怪異地笑着，「這是妳敢講而不敢做的心願吧？想了很多很多遍，也許在造夢時也夢過了的美夢，今日終於得償所願了。我來幫妳。」

「妳以為我在說笑嗎？」細眼睛女生慌張失措的喊道。

「我比妳更認真。」

刀鋒終於貼了在藍閱山左邊的臉，她冷冷的雙眼，盯着細眼睛女生的眼睛，把刀鋒往自己臉頰劃下去，刀鋒帶過之處被割開，頃刻湧出了大量鮮血。

細眼睛女生臉色青得可怖，她如遭電擊的鬆開了五指，讓彈弓刀「噹」的一聲跌到地上，刀子上沾滿了令人觸目驚心的鮮血。

她發狂地扯開藍閱山的手，大聲地叫嚷：「瘋的！妳是魔鬼！」她崩潰似的胡亂說着髒話，連同她一早已嚇傻了的同伴，落荒衝出了防煙門。

＊＊＊＊＊

在女廁內，藍閱山拿抹手紙在按着傷口，郭泡沫慌亂又氣憤的拿出手機，欲要打電話報警。

「不要報警。」藍閱山說。

「什麼？」

「因為，只要不報警，她們每天也會疑神疑鬼，想着有人會藏身在什麼角落埋伏，向她們報復。對她們來說，這才是最久遠的折磨。」藍閱山臉上帶着笑意，「可是，如果一旦報警，就算被捕了，也就落得個心安理得了。」

普普和郭泡沫面面相覷，彼此也不知該如何應對。

藍閱山請郭泡沫去替她買消毒藥水和紗布，郭泡沫就逃也似的走出去了。而事實上，這裏的血腥氣氛實在恐怖，讓她一秒鐘也不願留下。

普普對藍閱山無比疚歉的說：

「對不起！我——」

「妳明白了嗎？到了最後，女孩子也就只得靠自己了。」藍閱山扭開水龍頭，用水沖洗着傷口附近的血迹。她斜着眼看普普一眼，「所有人都不可信任，唯有自己才是最重要的。因為，只有自己才捨不得傷害自己……」

普普把她的話好好牢記在心裏，但她仍是很難過地說：「妳的臉——」

藍閱山刀傷的鮮血沿着下巴和頸流滿了整個衣領，白色校服上有着斑斑的紅色，看起來嚇人之極。她看看大鏡子中的自己，忽爾笑了起來，「妳知道嗎？這一張是男人最喜歡、也是我最討厭的臉！我想破壞它很久了！」

普普聽到這個話，看到藍閱山露出一張恍如很安慰的臉，她整個心都寒了。

「對了，普普。」

「嗯？」

藍閱山溫和地說：「我差點忘了，要跟妳說生日快樂！」

普普好幾秒才回過神來，她呆呆的說：「……謝謝。」

2

上下午課之前，軍曹突然走到柳樂的課室門口，把專心看着《浪客劍心》的他喚出了走廊來。

軍曹遠離了課室好一段路才說：「嘩！你的課室仍是那麼混亂，簡直是生人勿近！」

「對啊，我也覺得全部同學都是喪屍，見人就咬。」柳樂笑虐。

「樂仔，你可以存活至今，簡直是奇蹟！」軍曹顯得驚奇。

「我一開始也以為自己會死在這裏。」柳樂說：「後來，終於讓我發現應付的方法了。」

「怎樣？」

「把自己也變成其中一頭喪屍。」柳樂冷笑說：「喪屍也分很多種。我選擇做盲眼的喪屍，不管其他喪屍在做什麼，吵鬧得兩條街內的警察局都聽見也好、用刀互砍也好、我也不理會了。所以，其他喪屍也慢慢把我當作沒用的瞎子，將我投閒置散了。」

「明白了。」軍曹聽完他想要的資訊，便馬上切入正題：「對啊，找你有事。」

「我知道，你很少會無端白事出現的。」柳樂見他神情凝重，他問：「什麼事了？」

「Serena 拜托我向你說對不起。」

柳樂感到莫名其妙，「她有什麼事對不起我了？」

「她替你女友拿的那些羅琳簽名本，全部都是假的。」軍曹一句廢話都沒有：「Serena 對我說，其實她是個假冒簽名的專家。一直以來，什麼家長信啊、成績表啊都是她自己簽署的。所以，她才會爽快答應你的要求，只因她也沒想過要為陌生人服務而去排隊，只不過假冒幾個簽名，舉手之勞而已。她心情好，更寫了你女友的名字作上款！只不過，她做夢也沒想到，自己會令一對好好的情人分開了，她為此而內疚不已！」

柳樂乍聽這個真相，實在無法感到心酸，但他仍很明理的說：「沒關係，就算是假冒的也好，她永遠不說出來，也真是天衣無縫吧！如今，她說了真話，我應該更欣賞她。」

我想，我和普普始終沒法在一起，最主要是因為我們之間的信任不足。」

軍曹點了點頭，「你似乎很了解問題所在。」

「我疊高了幾個枕頭，一連想了好幾個夜晚，終於想通了。」柳樂說：「就算不是這件事，總會由另一件事觸發，後果都是一樣的。」

「其實，我一直想問，你不是很信任她的嗎？」軍曹不吐不快地問：「既然你說自己十分信任她，那天約會，為何又要偷看她的手機？」

「因為，那是因為——」

柳樂把視線轉向學校外的風景，四周都被一棟棟的校舍佔據了，他感到自己被什麼重重包圍着，「**我不信任的，是我自己。**」

「不信任自己？」

柳樂想起幾天以前，當他在快餐店要搜小豬的書包，妹妹挺身維護着小豬，她那種完全信任小豬的眼神，就像她從未懷疑過他一樣。

那一刻，柳樂是打從心裏的汗顏。

他對軍曹告解似的說：

「對啊，我不相信自己……我不相信自己有那麼幸運，會得到一個好女孩的垂青。我也不相信竟會有人那麼喜歡我，不介意我身上沒有任何優點，甚至不介意我所有的缺點……所以，就算跟她在一起的時間不算短了，一切卻仍然很虛幻。我就像置身在一個超完美的夢中，隨時隨地都會醒過來，下一秒鐘就變成什麼都沒有了——」

「我這種理性的人，搞不清你那些感性的人的想法。」軍曹愈聽愈惘然，他爽快地截斷了他接下來的話：「不如你更直接告訴我，你偷看她手機的原因吧！」

柳樂用最簡單的說法：「我偷看她手機的訊息，只是為了給不安定的自己，作出一個充分的保證。」

「哦，也就是說，看到一份有效力的保養書嗎？」軍曹用他理性的想法去猜說：「**由於沒看到保養書，就算那件貨品根本絲毫無損，在保養期內也不見得會壞，但心理上總**

是大打折扣。」

「對啊，我和普普的感情，就像要靠着保養書以茲證明。我沒想到的是，該好好保護她的，其實是我。」柳樂氣餒地說：「最後，我被自己打敗了。」

軍曹用力拍拍他肩膊，「樂仔，在我們這把年紀，拍拖只是生活中其中的一項消遣，不能太認真啊！」

柳樂本來想說一句：「我知道！我也沒有太認真！」

但他實在說不出口來，因為，他根本不這樣想。因此，他只能以一下苦笑作結。

3

普普回家後，已經累得要死。躺卧在牀上的她，彷彿被關進了棺材，像死掉了般卻沒法子睡着。

在商場後樓梯發生的事，一直在她心裏反覆地重播着，郭泡沫那句「我一直沒有視妳為我的朋友」，在這靜止的一刻好像比她聽到的一刻更真確了，也更讓她難過。

雖然事情已結束，但卻無法安然度過。

假設，藍閱山當時並沒有出現，將會發生什麼事呢？她正被細眼睛女生逼着回答的那個問題，「我——」答案又是什麼呢？

普普愈想愈深，有些事只要想深了就未免難受，她幾乎熬不過去。她有滿腔的話，好想找個放心的人去傾訴。

最後，她在牀上坐起來，亮起了房間裏所有的燈，看看書檯上的時鐘，距離十二時的時分針重疊只有十五分鐘而已，也就是說，她的生日將會在十五分鐘後正式成為過去。

此時此刻，她只想到了柳樂。柳樂仍欠自己一句生日快樂。

她是有權問他追討的吧？

……………………

她不想給他傳訊息。因為，傳訊息率先主動出擊，後來卻變成被動等待。她希望親耳聽到他的聲音。她在手機撥了一組再熟悉不過的數字，猶豫着要不要撥出。呆看着電話熒幕不知多久了，待她再回過神來，時鐘已是 11:59PM。

普普在號碼前加了「133」，便不讓自己再考慮，按下撥出的按鍵。

*****

當柳樂在房間裏狂追着《浪客劍心》時，有人來叩他房門，他滿以為是不知何時忽然禮貌起來的母親，但推門進來的卻是妹妹。

自從他與小豬爭吵以後，兩兄妹已經有整整一個星期不瞅不睬了。

妹妹一張臉好憔悴。

「司徒柳樂，出去玩囉！」她忽然這樣說。

「出去？現在出去玩什麼？」他看看書桌上的鐘，是晚上十一時多了，附近的商場全都關門啦。

「總之，跟我來！」

柳樂合上了漫畫，感受到她的不開心，「好，我們出去玩。」

兩人穿了人字拖鞋就出門了，柳樂走到家樓下，才記起自己忘記帶手機，想要回家取，妹妹有感應似的，反問他要等什麼人的電話嗎？柳樂給說中了死穴，只好聳聳肩作罷。

隨着妹妹走，她居然走到家樓下不遠處的小公園，在那條十五呎長的石春路前，隨便踢掉了人字拖，赤腳踏到一塊塊突起的石春上。

她轉頭見到柳樂呆站着，就催促他說：「喂，還不上來啊？」

柳樂苦笑了一下，也只好把拖鞋甩下來，踏在石春路上，腳板馬上痛到飛起。

「痛死人啊！玩什麼石春！」

不說笑，他痛到即時流汗，大概很快會流淚。

「就是想讓你痛一下嘛！」赤着腳的妹妹神情卻顯得比較快活，「來，跟着我走！」

他只好跟着她在短短的石春路上來回地走，當她第三次擦過他身邊時，突然問他：

「對啊，你跟普普怎樣了？」

柳樂抬眼看着沒一顆星的夜空說：「已經沒有什麼普普了。」

「嗯。」妹妹：「我也失豬了。」

柳樂大驚失色，把視線移回戴月臉上，卻發現她一臉落寞。他明白過來：「妳跟小豬——」

「已經沒有什麼小豬了。」

「嗯。」柳樂滿腔想說的話，但就是沒法把話說下去。

「痛不痛？」妹妹再問他。

「痛！」

「我倆的心肝脾肺腎也可能出毛病了。」她笑了一笑，「來吧，檢驗一下。」

「怎樣個檢驗法？」

「來跟我做。」她蹲了下來，雙手疊在身後，就開始在石春路上作青蛙跳。

柳樂慘笑起來，也學她蹲下來跳，跳了三下就開始罵髒話了。

再看看妹妹，才發現一直努力跳的她，淚水不知何時已流滿了一臉。

她發現給柳樂發現了，就對他流着淚笑，「真的好痛！」

柳樂的心都酸了，他也開始竭盡全力的向前跳，一下一下錐心的痛楚直傳至神經中樞，他也痛得掉了淚，「痛到核爆！」接着又放了另一輪髒話。

妹妹用惡作劇得逞的笑臉問：「但你快樂吧？」

「我變快樂起來了！」

「我也一樣。」

兩個人臉上流露着因痛苦而流淚的表情，卻又破涕為笑。柳樂心裏很感激妹妹，好像什麼也不必多說，但兩人都知道了，她用這種方法去慰問他，而他也用同等份量的辦法安慰着彼此。

有個朋友跟我說，
對感情不能太認真啊……
可是，我連玩都玩得很認真啊！
連看漫畫也看得咬牙切齒的！
我怎麼能改變自己的重量，
讓自己變成一飛沖天的氣球呢？

第 10 章

玩躲貓貓時，
不要藏在對方
找不到的地方

可是，就像捉迷藏那樣，
就算兩人近在咫尺，
就像我們所走的路、所需的
路程大致相同，
但就是無法遇見了……

那怕避開了或不閃不躲，
竟也無法再遇見了……

1

一個下雨的早上，當柳樂坐在地鐵車廂看《漂流教室》的時候，有個陌生的男生莫名其妙的走到他面前問：「請問你是司徒柳樂嗎？」

柳樂雙眼從漫畫書移開來，他抬起頭，一個男生站在他面前，穿着的是普普就讀學校的校服，他一張臉看來很眼熟，但當然不是認識的。

柳樂心情隨着漫畫陰森的情節變得很壞，語氣好不了那裏去：「你是誰？」

「司徒柳樂，你只需回答我一個問題：你仍喜歡普普嗎？」

一提起普普，柳樂猛然記起，他見過這男生了，他就是那天在餐廳裏為普普抹眼淚的大塊頭。

整個車廂內的乘客們，都聽到兩人的對話，各人玩手機的繼續玩手機，誰都故作不動聲息，暗暗卻留意着柳樂的回答。

柳樂注視着男生，他的身型真的好健碩啊。如果他要來挑釁打架，自己一定會敗下陣來吧，但幻想到自己下一分鐘可能就會頭破血流，卻仍是很硬朗，也不理會旁人目光地說：

「我從來沒有不喜歡普普！」

*****

校花藍閱山[2]臉部受傷的消息，在學校內引起很大的迴響。

大家得知她在快餐店跌了一跤，撞落餐桌的尖角劃損了俏臉的不幸意外，不止同班的學生很關心，就連鄰班學生都走過來課室門前，偷偷的看她。

同日下午，慰問的鮮花已擺滿了藍閱山的桌子，有更多需要搬到課室後的雜物櫃存放，任天堂笑言自己簡直像進了靈堂。

臉上包着紗布和繃帶的藍閱山一直在微笑，她似乎對自己臉上會不會留疤痕表現得滿不在乎，反而，暗戀着她的一眾男生（和女生）則表現得極度擔憂。

有同學問過跟藍閱山同行的普普和郭泡沫，事發經過到底是怎樣的，兩人卻三緘其口，含糊帶過，眾人也只好不了了之。

至於，普普和郭泡沫之間，自那天開始的確疏遠了，而且絕非刻意。

當然，彼此還是一樣的隨大隊去吃飯、偶爾也會在放學時相伴去乘車，但就是對那天發生的事絕口不提，好像這樣就能當作事情沒發生過一樣。

兩天後的早上，普普剛巧在校門前碰到任天堂，拉他去附近的麥當勞吃早餐了。她知道只要一返到學校，任天堂就會被同學們重重圍困，根本不可能有好好交談的機會。

她只覺得，這個在心頭的鬱結，唯有任天堂可以理解。尤其他是個擁有那麼多朋友的人，她相信他才有處理的本事。

任天堂咬着脆薯餅，普普一鼓作氣的把那天做 Project 遇險的事如實相告，他吃畢自

---

2 藍閱山的故事，收錄在《永遠記住 你的名字》一書中。

己那份早餐全餐，見到普普完全沒有用餐的心情，他也不客氣的把她的熱香餅套餐搶過來大快朵頤，只留下一杯熱朱古力給她。

五分鐘以後，普普以一段話作結：「無論在學校裏、或在學校外的時間，郭泡沫都是我最親近的朋友，有什麼不開心、煩惱都會第一個想起郭泡沫。如今我難過的時候，還能夠找她嗎？我已經不懂得怎樣面對她了。」

他見普普的話告一段落，便對她說：「妳呢？」

「什麼？」

「如果藍閱山沒有及時出現，妳將會回答出什麼答案？」

普普一下子說不出話來。

任天堂沒好氣，就把手中的膠刀伸到她臉頰旁，「說啊！」

普普看了看黏在膠刀上的一小片牛油，她苦笑起來。

任天堂說了聲 Sorry，然後把黏附在膠刀上的牛油和糖漿等舔得一乾二淨，用舌頭舔了一下上唇，再把刀架回她的臉旁，用兇惡的語氣說：「喂喂喂，認真點！快說！」

普普垂下臉，髮蔭遮蓋到她的鼻樑上，讓任天堂無法看清她的神情。她好久沒說話，甚至一動也不動。他忍不住偷偷地打了個呵欠，想再次催促之際，普普忽然抬起眼來，用不帶一絲感情的冰冷聲音說：「我也沒把妳視作朋友！」

任天堂一接觸到她那個神情，登時怔住了。他從沒有在普普的臉上看過那道狠勁。他有一刹間感到自己正在直視着一頭眼鏡蛇的雙眼。

他避開了她雙目，等自己也冷靜下來，便放下膠刀，微笑說：「那不是很好嗎？」

「有什麼好？」

「雖然，我對藍閱山的行為不敢茍同，可是，我完全同意她的話。」他想起藍閱山的話，不禁唸唸有詞：「所有人都不能信任，唯有自己才是最重要的。因為，只有自己才不捨得傷害自己……她說得真好！」

普普心裏鬱悶，「你的意思是，遇到這種情況，人應該自保，甚至不惜犧牲朋友？」

「除非你在這個世上死掉了所有親人，已經孑然一身。」任天堂對她說：「否則，我們都是父母兄弟姊妹的至親。為了幫朋友而自我犧牲了，尚可向朋友交待，在朋輩間更可能被推舉為崇高偉大的人。可是，你卻無法向自己的親人作出合理解釋，在他們心中，對你的評價更可評為非常自私。」

普普聽着他的話，一時間或者消化不到全部，可是，她卻十分明白他想表達的意思。她不禁有點失望，原以為把友共情放得很重的任天堂，會為郭泡沫不出手相助而痛斥她。而內心的另一個自己，大概也希望得到一頓臭罵，使她心裏抑壓的痛苦能得到釋放，但他卻沒給她這個機會。

「但是，我想我會比誰都更理解妳的悲哀。」任天堂看着她，也傾出了他的心底話：**「最悲哀的是，那不是復仇式的對質，而是兩人竟都在這情況下真心相向。滿以為是朋友，在危難的時候，居然就這樣不攻自破了。所謂的友情，原來是這樣的不堪一擊」。**

普普聽得鼻子一酸，「對啊，就是那樣！」

「萬一，為了這件事，妳和郭泡沫的友情真的因此被摧毀——」小任總算知道普普拉着他單獨談的目的了，他告訴了她最想得到的結論：「妳們兩個誰都沒有錯，一切實屬不幸。」

普普整個心，因他這句話而平靜下來了。

兩人肩並肩的步回學校，任天堂笑着告訴她：

「對啊，妳想跟那個分了手的男友復合的事，阿牛也已經告訴我了。」

「這個阿牛真口疏！」普普抱怨。

「他這個人肌肉發達，但頭腦卻很簡單。不過很抱歉，藍閱山叫妳守的秘密，妳不也口快地告訴我了嗎？」小任嘻嘻地笑了，「想起來，我真像一個流動廁所，無論男女老幼，誰有需要便會走進來光顧我！」

普普不知生氣或好笑，一時間說不出話來。

「幸好阿牛跟我說了，讓我知道問題所在了。」任天堂不想讓普普怪責阿牛，但也不想讓普普自責，他跟她說：「可是，無論如何，我支持妳啊！」

「支持我什麼？」她問。

「女孩子還是應該堅持的。」

「堅持？」

「愛情這回事我一知半解，妳要得到專業意見，應該走去問經驗老到的郭泡沫小姐。可是，因為我是個男人，所以，我大可用一個男人的身分去告訴妳——」

他告訴她：「**就算妳多喜歡一個男人也好，只要妳覺得那件事該由他主動向妳道歉，妳就理應等到他道歉為止，絕不能屈服。**」

普普托了托書包的肩帶，不安地說：「假如……在我仍等着他的期間，他喜歡了另一個呢？」

「那麼，妳也可知道，他根本不覺得自己錯了。因為，明知自己做錯的人，悔恨還來不及，怎麼會有心情去喜歡別人！」任天堂直說：「連反省都不懂的男人，不值得女人去愛。那麼，等着不該守候的人，是妳的錯！」

普普想了好一會小任的話，才確定地用力點頭。

2

柳樂從那個名叫阿牛的男生口中得知，他每天早都來回荃灣路線的車廂，已經連續兩星期了。他從普普口中得到柳樂的基本資料，就只有讀哪家男校，居住在荃灣和喜歡看漫畫而已。

既然，在男校門口更不可能找到，只好在早上來荃灣碰運氣，在每卡車廂裏巡來巡去，每逢見到穿着柳樂學校的校服的男生就問他是不是司徒柳樂，有兩次更差點被揍。但阿牛仍不肯放棄，用了十二天時間，終於找到了他。

阿牛把一切都告訴了柳樂，包括他就是那個Joe、包括一切都作假，普普也只是被擺布的受害者而已。

柳樂用了大半程車的時間聽完，沉默一刻才開口。

「可以告訴我為什麼嗎？」柳樂的聲音頓一下問：「既然，你也喜歡普普，為何要大方得幫助我？」

阿牛的神情中，有了一刻難言的猶疑。

柳樂說：「我們都是男人，這種事總不用說謊吧。」

「因為，她一直暗戀着我最好的朋友，直至你倆在一起後，她就開始漠視我那個朋友的存在了。不知怎的，雖然我為了她有了新戀情而傷心，但心裏又感到非常安樂。」

阿牛慢慢地說：「可是，當她離開了你，視線又開始轉回我朋友身上了。我一直在想，她不喜歡我也不要緊，但如果他倆真的走在一起，我會連愛情和友情也一拼失去了，我一定會瘋掉的！」

「所以，你選擇幫我倆復合。」柳樂有點明白，但心裏始終覺得怪怪的。

「我很自私吧？」阿牛神情苦澀，「我一點也不大方，那種自私的程度，甚至比起普通人的自私更過分。為了保障自己最大的權益，我居然想盡辦法操縱她的感情生活。」

柳樂聽完後，卻搖搖頭說：「可是，回到最基本的一點，你也只是為她好，不是嗎？」

阿牛這次想也沒想，用力地點一下頭。

「那就夠了。」柳樂說：「**我們都只不過在竭盡了全力，希望令自己所愛的人快樂。**」

兩人在旺角站下車，一同拿出銀包，拍八達通出閘。

當柳樂順利出了閘，阿牛的八達通卻失靈了，他從銀包抽出那張八達通再試，一個不小心把銀包內格的其他幾張卡也抽了出來，散落在地上。在閘外等他的柳樂，無意中看到幾張卡內，有759會員咭、圖書館借書證，山崎麵飽儲分咭、還有一張過了膠的2R照片，照片中的卻不是普普、更不是阿牛自己，卻是一個看起來很孩子氣、用食指做着豬鼻的男生。

阿牛彎身時檢起地上的卡，抬眼看到柳樂在盯着那張照片，他慌忙把一切塞回銀包內格，拿出一張八達通去過閘，順利通過了。

兩人在地鐵出口說再見，準備分道走，可是，一走上地面，才發現雨下得很兇。柳樂打開雨傘時卻見阿牛冒着雨準備用跑的，他便走上前替他撐傘。

阿牛滿不好意思，「對不起，我出門時，還沒下雨。」

「我才該說對不起，連累你有兩個星期在荃灣線列車上大海撈針。」

「這件事做不成，我永遠不會安樂。」

「這我明白。」

兩人沉默的走了一段路，快到普普的男女校門前，阿牛直接地問：「現在，你知道一切皆是誤會和人為的錯失，你會找回普普吧？」

「我不能找她了。」柳樂的答案卻出乎阿牛意料之外。

「為什麼？」

「因為——」

柳樂從傘下看看傘外放晴的天空，他終究沒有正面回答：「嗯，雨停了，真好！」

把雨傘收起的柳樂，抬眼看到普普的校舍，感覺真好。

阿牛還想繼續追問下去，但他看看柳樂給雨打濕了的一邊肩膊，和感到自己也給雨打濕了的一邊肩膊，他突然明白自己應該做的、必須做的和可以做的都已經做了，但就像在晴空時出門，結果卻遇上下雨，一切皆不是由自己操控的。

拐進學校門口前，阿牛突然說：「還有一件事。」

走了兩步的柳樂，轉過頭看阿牛。

阿牛努力對他笑了笑，笑容卻很緊張，「其實……我很喜歡普普，但我深愛的是我那位好朋友。」

柳樂平靜地說：「我明白。」

他心裏最後一點的疑惑也迎刃而解，一切變得合理化了。

「我終於向一個人坦白了。」阿牛重重地吁了口氣。

「那很平常。」柳樂笑笑，「我讀男校。在我班中有三對情侶。」

「真的嗎？」

「其實有五對，有兩對不肯公開。」

柳樂聳聳肩苦笑，阿牛也隨之寬心地笑了。

3

周末晚上，普普隨父母去尖沙咀喜來登酒店，出席親友的喜宴。

父母趁着酒宴尚未開始，去跟親友們打麻將，普普百無聊賴的獨坐在十二人餐檯上喝汽水，看看手錶，還有四十分鐘才開席，她很快下了決定，走過去跟父親說她會準時回來，然後一個箭步跑出酒店。

她先找到一家文具店，買了一枝紫色的墨水筆，然後再走十分鐘的路，去到海運大廈，回憶着柳樂帶她走過的路線，直登停車場天台。

晚上氣溫蠻冷的，但普普佇立在天台上，彷彿跟柳樂變得很接近了，她微喘着氣，卻感到整個人溫熱起來。

她忽然留意到，面對着整個維港的「中國平安」超大型霓虹招牌，已轉換成「中國人壽」了。她近距離注視着那個豎立的招牌，直至雙眼因強光的直射而刺痛起來，她才把視線抽回。

一切都在不知不覺間轉變了，無論有被發現的或從未被發現的。

普普希望，趁自己對柳樂的感覺還未消失前，她要把一切記下來。

她緩緩步向那個可環觀天星碼頭和維港的角落，拿出墨水筆，搖晃一下筆身，好讓墨水變得均勻，準備要在牆壁上好好地寫字。

可是，當她走到那個柳樂和她站過的地方，她整個人完全怔呆了。

在那道及腰般高的牆壁上，寫上滿滿的字，她蹲下身子，伸出微顫的手指去摸，那不是用墨水筆寫上的，牆上是雨水洗擦不掉的原子筆迹。

她失去全身所有的氣力，也不理會會不會把漂亮的禮裙弄污，就這樣跌坐在地上，靜靜讀着柳樂寫下的心聲。

親愛的普普，

普普，我在妳生日前夕來了這裏，等着妳生日的一刻到來。普普，祝福妳生日快樂。為了妳，我是首次的也是唯一的一次，用了原子筆去寫下我的心情……那個總不肯承認有發生過的我，這次不再逃避了，如果這也算可取的話，這可說是我第一篇公開的日記，任誰都能看，任誰都能證明我們有發生過。

我們之間發生了很多事，又好像什麼事也沒發生過。遠遠超出剛開始的預算了，又像流星劃過般消失，一切都太快了，我還沒能好好的看看妳，妳就幻滅了。

的而且確，如果嚴格地去檢視我自己，我真是個十分自私的人。正如我自己也很討厭自己，為何那天要偷看妳手機內的訊息。

但妳會明白嗎？當一想起有個喜歡妳的人的訊息就在妳的手機內，而他的訊息一定會對妳施以甜言蜜語，我就有種忽然被活埋在坍塌礦井內的恐怖感，在黑暗中一息尚存的我，只求一點光線——就算是一點點光線也好，我也不至陷入絕望。

也許吧，起碼我真是如此地相信，不想墜入瘋狂絕望的自己，只好抓緊最後一點逃出生天的機會。

我知道只要親眼看到他的訊息我便會心息，只要看到妳回覆他的訊息我便會心息了。只要我看到幾段往來的訊息，我便大概可猜測到妳跟他發展到哪個地步了。

對於一瞬間頓失了信心的自己，沒有比這個更好的安慰。無論結果是好是壞，我總會知道我在妳心目中留有什麼分量，或者說，還剩什麼分量。

所以啊，與其說是我對妳的不信任，不如說我更不信任被妳貶為感情人質的自己。

妳覺得我很卑鄙吧？如果容許我自辯，我希望能把「卑鄙」這兩字改成「卑微」。不清楚在哪個時候開始……其實我還是很清楚的，就在我發覺自己真的深愛妳的那一秒鐘起，我已經算不上是個正常人了，也由於這份不平衡的心理，從中衍生出自我厭惡的感受——我厭惡被妳徹底打垮了的自己。

然後，我便有一點明白了，如果說彼此之間失去了交流，這也是我的原罪。是我在我們之間落了一道閘，我沒勇氣再承受妳的傷害了。

就像進行一場贏面只有一半的賭博似的，我用了好像不屬於自己的聲音，說了一句不屬於我心裏所想的話：「如果可以的話，我希望我們從未認識過。」

我希望妳聽得出，我那因愛生憐的語氣。

夾在兩個男孩之間，妳一定會非常不好受吧，我相信自己是明白這種感受的。我也曾夾在 Serena 和妳之間，那是一段使我感到困惑的日子，而不能否認的是，就算我那時候相當喜歡 Serena，但我還是決定放棄佔盡優勢的她，而選了當時根本談不上很喜歡的妳。若非如此，我們也根本沒有做成情人的機會。

如今，我相信妳也面對着一樣的問題吧。妳一定覺得與我鬧得不愉快，我一定使妳感到重重的失望，到了有憋不住的程度吧，所以妳才會欣然接受其他男孩的追求。

假如這是一種無可避免的乘虛而入，我再用蠻力爭取也只會落得反效果而已。

所以，我才會用一種豁出去的心情，說了那句違心的話：「如果可以的話，我希望我們從未認識過，我希望妳會把我留低，我希望妳會用力搖搖頭說：『我絕不希望如此。』」那麼，妳的心也許就會繞個大圈又歸來了。

但，那畢竟是我心目中理想化的答案而已。

其實，我真正想說的話是：「如果可以的話，我希望我們重新開始過。」

沒有遺留的、一切重歸於零的，並非重修舊好的重新開始過。

可是，送妳回家時那一通別人的來電，總算及時令我驚醒了——一切皆已回不了頭，妳我都在一趟單向列車中同坐，途中有很多人上上落落，我們可以攜手到終站，但無可避免的，也有其中一人在中途站鬆開對方的手下車的可能。

因此，與其我說了重新開始過，妳也有搖頭拒絕的可能，冰冷地告訴我一句：「我卻不希望如此。」我想我更是會痛心至絕望的。

我決定要讓妳選擇。而當我懷着那等候發落的心情看着妳，妳終於作了一個放棄我，也等於放棄過去一切的選擇。

妳對我說：「我也這樣想。」

我忽然窺視到我在妳心目中的不值一文，我告訴自己是時候心息了。我希望自己能好好的結束，但原來要對深愛的人說出一句再見，一句把對方從此交託給別人的再見，在心頭引起的悸動會是如此驚人的，我預感似的發現到，只要我一說出道別的話，我的眼淚馬上會直流。

因此，我對妳擠出最後一個笑容——它一定是個哭笑不得的表情吧——接着我便掉頭離去。

要是妳真的明白我，那是我消失在妳的世界裏，最能保持尊嚴的極限了。

妳知道嘛？在那個時候，我一步一步的向前走，好像讓自己被一條無形的粗繩綑到懸崖。快將被抽離妳的世界了，我是多麼多麼想回頭看妳一眼，但只消看一眼，我便會繼續留戀看第二眼、第三眼，我明知自己永遠無法正式離開妳，所以，我咬緊牙關的向前走，頭也不回地。

可是啊，今天是妳的生日啊，我始終還是霍地停住了腳步。我告訴自己，就轉一次頭吧！給自己一次機會，無論驚喜也好，心碎也罷——就轉一次頭吧！

因為，只有當我轉過了頭，才可以目送妳的背影，面對着我直至消失於我眼前。

藉此，彌補在那晚上氣沖沖、頭也不回的那個愧對妳的我。

如今這一刻，我終於可以恢復平靜，對妳感激的、溫和地送上一句祝福：

「謝謝妳愛過我。永別了！」

司徒柳樂留字

普普用手掩着嘴巴，過了好久好久才把手放下來。

她滿臉也是淚水，為了出席喜宴而化了的淡妝，大概就此泡湯了。

她胡亂地用手背拭走了淚水，逼令自己收起情緒。用最快樂的心情，寫下了自己對柳樂這篇日記的 Comment。

親愛的柳樂，

謝謝你愛過我，但什麼是永別？

如果你不再愛我了，永別是不用講出口的。

如果你仍愛我，永別就是永不離別。

請你務必找回我，然後用力地把我抱入懷裏，告訴我你會好好地疼我。

這是一篇會限時消失的宣言，你會不會在下一次下雨前，發現我這刻紫色的心情？

普普留字

純粹為了傷害而傷害對方，
為了生氣而生氣講的那一句：
「我希望我們從未認識過！」

真希望不斷又不斷地為對方
意氣之爭下去……

第11章

有心靈感應
不代表
就會關心
那個人

對啊，
我們為何要依賴心靈感應？
我們都有眼睛，
為何不把雙眼放在
關心的人身上？

1

午膳時間，在黃大仙某間 Bank 3 男校裏，忽然來了一個外校的男生。

男生身穿着灰色的校褲，在寶藍色校褲的這所男校裏，顯得異常突兀。

柳樂沿途在每個男生敵視之下，直走到一個課室前，從門外看到小豬和幾個男生，正利用着課室提供給學生插 Notebook 的插頭，圍坐着在打邊爐。

小豬正用木筷子淥着一塊肥牛，見到門外的柳樂，他呆了約五秒，才木然地放下了膠碗和雙筷，慢慢步到他面前。

「樂哥，你來這裏找你的《死亡筆記》嗎？」小豬忙不迭的嘲諷他。

柳樂直截了當地問：「我要做什麼，才能令你跟我妹妹繼續在一起？」

「為何你會覺得我還想跟她在一起？」

「因為，我信任我妹妹。」柳樂對小豬說：「你不要跟她在一起，只是為了那件事吧？」

「我像那麼小器嗎？」

「再大量也應該生氣的。」

「你還想說什麼嗎？」小豬冷笑一下，揮了揮手，正欲轉身打發他，「說完就好走，不送了。」

柳樂看着小豬的背影，平靜的說：「由於很希望在喜歡的人面前至高無上，永遠保持着男人應有的自尊。一旦打破了這個印象，就變得不懂得該如何面對了，只好避得遠遠的。」

小豬一聽到這些話，情緒就被挑撥了，馬上轉過身說：「你敢再多說一句話，我會揍你！」

「其實，你也很痛苦，你明明——」

小豬走向柳樂，閃電般揮出了一拳，快、狠、準地把他打倒在地上。

柳樂用舌尖抵抵被揍的那邊臉，用手按着地板站了起來，繼續說下去：「你明明十分喜歡她。如果你不夠喜歡她——」

小豬再向他揮了一拳，柳樂撞到前排的桌椅上，過了十秒鐘，才從一堆倒塌的椅子前掙扎着站起來，腳步浮浮的說：「如果你不夠喜歡她，你在快餐店當場就會揍我了，但我是她哥哥，所以——」

這時候，在小豬旁邊的男生用鞋頭踢了柳樂的腰一腳，讓柳樂痛苦得捂着肚子，男生嘿嘿笑，「很過癮吧？」

小豬一拳揍到男生臉上，男生像斷線風箏般飛了開去。小豬怒瞪着那個掩着臉的男生，「誰批准你碰他？」

柳樂這次要靠着椅子，才能撐着身子站起來，他上氣不接下氣，仍是對小豬微笑道：「夠了沒？氣下了嗎？」

這一次，小豬舉起了的拳頭沒揮出去，卻慢慢放了下來，他大聲的說：「我沒有生氣，是屈辱！你明白那種分別嗎？」

「我想我明白。」

小豬扯着柳樂的領帶，把他整個人揪到面前，雙眼通紅的對他說：「你想你明白？你明白什麼？」

「我明白，我該信任我妹妹信任的人。」柳樂看着小豬，滿臉慚愧地說：「我終於也明白了，很對不起！」

小豬重新審視柳樂數秒，神情終於緩和下來，放開了他。

柳樂整理着歪了的領帶，再結好，他氣定神閒的問小豬：「完了嗎？」

「夠了。」

「輪到我了。」

「什麼——」

小豬還未說完，柳樂一記右鈎拳冷不防地揮到他臉上，讓小豬掃低了幾張桌椅。

「以後到我家，不要隨便碰我房裏的東西！」柳樂說完了這話，便走過去，向小豬伸出張開了的手掌。

坐在地上的小豬，默然幾秒鐘才說：「我以後也會注意，很對不起！」他伸出了手，柳樂一把將他拉起來。

兩人看着左邊臉腫起來的對方，一同苦笑起來。

後來，柳樂也加入眾男生圍坐着一起吃火鍋。小豬送兩顆爆漿豬丸到柳樂的碗子裏，柳樂邊吃邊用舌頭抵着臉頰邊雪雪呼痛，但忍痛吃那個麻辣火鍋卻很過癮。

小豬看見到柳樂那呈瘀黑的拳頭，他便問：「樂哥，你第一次打架？」

「對啊。」

「你不也讀男校的嗎？」

「就只有被揍的份啊。」

「你是同性戀啊？」

「喂，我這叫斯文！」

小豬不禁說了句髒話，「敗類啊？」

「這叫保持生態環境平衡！」柳樂說：「一個平原上有豺狼，當然也該有綿羊。」

「狼羊物語啊？」小豬㵎着一塊雞子，邊對他說：「那套漫畫真是誤導，豺狼到最後來都會擒上綿羊的吧？」

柳樂蠻喜歡那漫畫的，忍不住說了句共有十八字的髒話來回應，大夥男生都笑起來了。

後來，小豬指手比劃着去教柳樂，揍人不能用手指的節骨，而是要用手指第二節的軟肉，否則揍人的和被揍的會一樣傷。況且，打這些拳頭交也是男生和男生之間的交際而已，揍死了朋友就很無謂。

柳樂向空氣揮出空拳作練習，小豬拍拍剛才那個被教訓的男生肩膊，「樂哥，不用客氣，拿這個紙板人試試。」

那個一邊鼻管塞着紙巾防止鼻血流下來的男生，用雙筷做十字架，吃吃地笑了，「你不要玩，我翻臉的啊！」

小豬用筲箕狠狠叩男生的頭，臭罵他說：「驅魔！？你把我當色魔啊？翻臉！？翻了臉又怎樣？你轉去讀女校啊？」

柳樂和男生們一同哈哈大笑。

小豬轉過臉向柳樂，很有興趣的問：「樂哥，你畢生首次揍了人，很有快感吧？」

柳樂很高興自己揍人了，這使他終於覺得自己像回一個正常的男人。他心滿意足地笑，「實在太有快感了，我恐怕今晚會睡不着！」

「聽起來簡直像殺人狂的成魔之路。』小豬說。柳樂笑得很厲害，臉上又痛起來，他按着臉說：「我們真是不打不相識。」

「所以，我們剛相識了。」

兩人相視真心笑了。

2

一星期後的晴朗天，普普和郭泡沫一同放學，走到潮流特區和信和看看精品，最後兩人都走得累了，就在 Starbucks 坐下來了。

兩個人一如既往買了一杯特大杯裝，問店員拿多一個紙杯，將咖啡對分。幸運地霸佔到店內最舒適的沙發座位，兩人都陷進了沙發裏，又在東拉西扯的講別人是非。當兩人都在取笑一宗盛傳上任不久的女教師被班中最壞的男生勾引的師生戀故事，兩人笑嘻嘻的，忽然都有所感應地停止了笑聲。

「泡沫。」

「普普，什麼？」

「我們不要再這樣了。」

「對啊，我也覺得我們好虛偽呢。」

普普凝視着和顏悅色的郭泡沫好一會，鼓起勇氣的問：「如果，再遇上上次同樣的情況，妳會救我嗎？」

郭泡沫想了一想，搖了搖頭，「我不會。」

普普的心很痛，「我想，我沒法子再跟妳做朋友了。」

「我也一樣。」郭泡沫明白地點頭，「從那天起直至現在，我們都只不過在維持表面的和平友好。」

普普為了她的不肯補救而氣憤，她泄氣的説：「為什麼？為什麼妳不肯反問我，如果刀尖首先對準的是我的臉，我會怎樣做？」

郭泡沫呷了一口咖啡，淡淡的煙霧在杯面飄散。她雙手捧着杯子説：「我不會問的。」

「為什麼妳要對我不聞不問？」普普苦苦追問下去。

「那是因為——」郭泡沫雙眼忽然紅了一圈，「只要我一直不知道答案，妳在我心目中永遠都那麼好。」

普普聽到這句話，一直壓縮在體內的悲哀氣體就爆發了，淚一下子就滑落臉上。

「妳知道我有多麼心痛嗎？」陷在沙發的她好像縮小了，「我一直只把妳一人當作朋友而已！」

「我卻沒有好好的保護妳。」郭泡沫垂下眼看那杯咖啡，她難堪的説：「求妳不要再把我當作朋友了。」

「其實，是我才沒當妳朋友的資格，要説對不起的是我！」

郭泡沫聽到普普這樣説，她重新抬起眼來。普普的臉上有種叫人猜不透的神情，叫人完全不會知道她下一句話會説什麼。

「因為，妳當時心裏一定會想：『請不要劃花我的臉！』，但妳對我沒惡意。」普普鼓足了最大勇氣，才吐出了一直封鎖在心裏的話：「可是，妳知道我心裏是怎樣想嗎？我當時在想的是：『請劃花她的臉！』為了自保，我對妳可以殘酷至此！」

郭泡沫聽到普普這樣說，她整個人都愕然了。

「所以，不配做朋友的，是我。」普普用手胡亂抹了臉上的淚，「對不起，我先走了。明天回校，我們不用再裝作是朋友了。」

話畢，她抓起書包就跑出店外，留下了一動也不能動的郭泡沫。

走過兩條馬路，普普腳步才放慢，稍稍平靜下來。無論如何，她高興自己終於可說真話了。甚至在任天堂面前，她仍要宣稱自己是受害者，並強烈遣責郭泡沫棄她而不顧。

然而，在心裏最陰暗的一面，其實她早就犧牲了郭泡沫、藍閱山或世界上任何人也在所不計的地步。

——只要，能夠換回安然無恙的自己。

她覺得，在藍閱山臉上劃上一刀的，不是別人，而是長久以來很討厭她的自己。

就在普普釋出終極的心情，終於也鬆一口氣的這一刻，忽然之間，她感覺手臂一陣異動，有人在後面挽起她臂彎。

這是她和郭泡沫之間慣常的動作，尤其在多人混亂的大街，兩人總愛像建起一道人牆般，手挽手的逛街。

可是，在那件事之後，兩人好像已忘掉了可以有這種親暱。

普普怔怔的，斜着臉看着郭泡沫，郭泡沫卻沒看她，只把目光看着面前的路，讓普普只能看到她帶笑的側臉。她彷佛知道普普愣然得沒話說的原因，她恍如說秘密的——

「我也一樣。」

「一樣？」

「跟妳想法一樣。」

「妳也這麼想？」

「惡毒程度一樣，置對方於死地的殘忍度一樣。」郭泡沫這才轉頭瞄她一眼，向她眨一眨灰色的眼睛，「所以，結論是，我們都是 Bitch！最適宜繼續做一對 Bitch Friend！」

普普剛乾起來的眼眶，又不禁噙滿淚水了。

3

傍晚時分，妹妹來叩柳樂的房門，她説母親今晚打麻將又不回來，問他要吃什麼外賣。

「星洲炒米。」他從銀包掏自己的飯錢給她。

妹妹阻止了，「有人請客。」

「誰啊？」

「小豬。」

「他今晚做外賣仔啊？」很好，兩人和好如初了。

「對啊。」妹妹走過去，用食指托起柳樂下巴，詳細檢查他左頰的傷口，「小豬問你的臉有沒有事，有事就順便替你買止痛藥，你們打架了啊？」

「女人用打麻將聯誼，男人就用打架啊！」

「真無聊啊！」

「你管得我們男子漢呢！」

妹妹伸手去彈一下柳樂的臉，他痛得馬上縮起來。

「男子漢哦？」

柳樂尷尷尬尬的說：「只是給妳抓癢！」

「就是懂得逞強！大白痴！」

「喂，我是大白痴，妳的智力也可能出現問題啊！」柳樂嘿嘿笑，「喂喂喂，我倆是龍鳳胎啊！」

「說起這個我就生氣！」

「生什麼氣？」莫名其妙。

「我也不明白，既然我倆是龍鳳胎，是同一時間出生，為何我要做妹妹？我上星期才從大姨媽那裏聽來，原來是我出生在先，一分鐘後才輪到你。」妹妹氣憤的說：「簡直就是重男輕女！」

「喂，妳以為將來有家產可分嗎？我做哥哥就能分多一點嗎？」柳樂苦笑，「我倒擔心母親欠下大筆賭債，我要淪落到去賣 Pigpig ！」

「司徒柳樂，你想去賣 pigpig ？」妹妹笑爆嘴。

「妳很吵咧！我是說要上 E-BAY 拍賣《晴天 pigpig》！」柳樂指指他書櫃上珍藏的一整套經典可愛漫畫。

「嚇得我！」妹妹笑得眼淚都噴出來，「我還以為你那麼不自量力！」

「妳不是說我倆有心靈感應嗎？」他說：「妳不是猜得到我會做什麼的嗎？」

「我一直都是騙你的，事實上，我並沒有那種感應啊！」妹妹若無其事的否認了，她補充了理據：「即使以醫學的角度來說，龍鳳胎是異卵雙胞胎，因母體同時排出兩顆卵子並同時受精，所以，根本就是獨立個體，只不過同一時間在母體一同生長，兩人不會心靈感應的吧。」

柳樂奇怪的問：「那就太奇怪了！但你總是好像很清楚我啊！」

「這需要心靈感應嗎？」妹妹沒好氣的搖搖頭，「見到你早上穿了鴛鴦襪、沒剃鬚、出門後才發現漏了銀包、折回家拿銀包又忘了拿校褸。還有，聽到你房裏不斷播着同一首悲慘情歌，那陣子不斷看柴門文的愛情漫畫……就知道你失魂落魄不高興，是失戀莫屬了！」

柳樂聽完她長長的一番話，陶醉在這一刻的感動中，呆了一會他才扮作不經意的說：「妹妹，想不到妳那麼關心我！」

她臉上一紅，「我沒有關心你，只不過你的舉動太礙眼，我看不過眼而已。」

「既然如此，好吧！」

「什麼？」

「既然妳那麼喜歡做姐姐，我就喊妳姐姐啊！」

「我才不要，好像馬上老了幾十年。」

柳樂愉快地笑了。

妹妹走出房門前，忍不住的說：「你到底要吃星洲炒米吃到幾時呢？世界上也不是只有星洲炒米這一款食物啊！你吃不悶，我看着你吃也悶到核爆了！」

「我喜歡就可以啊！」

「你大概應該想想，要不要移民去星洲炒米星球。」

「那個星球是怎樣的？」柳樂居然認真想了一下。

「那個星球，又名普普星球。」

妹妹吐了吐舌頭便關門了。

柳樂從房門前轉回書桌前，不禁抬起頭看看窗花外的夜空，但他看不到普普星球。

又抑或，他早已活在普普星球之上了。

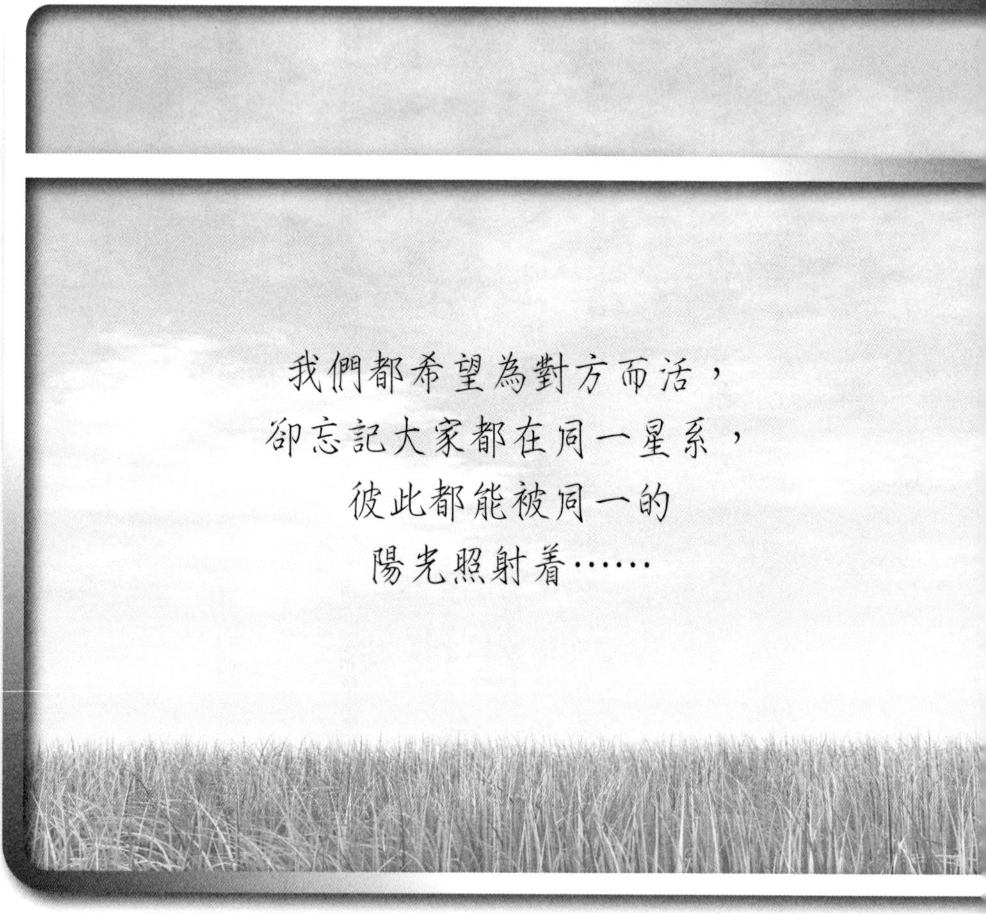
我們都希望為對方而活，
卻忘記大家都在同一星系，
彼此都能被同一的
陽光照射着……

最終章

走得再遠也
無法逃避
追隨自己的
身影

租看過的漫畫，卻仍是念念不忘，
總渴望擁有，才會把它買回來好好珍藏。
書架上就只有那麼幾套漫畫而已，
可百分百都是我的最愛。

你也是我想珍藏的一部分，你明白嗎？
本來都過了租借期限，應該很瀟灑地歸還回去了，
然後放眼於下一本，但我就是心有不甘，
最後選擇買回來永久保存……

1

一套由日本漫畫改篇的電影在香港上映了，柳樂在第一天上映便急不及待去看，然後，又一如預期的失望。

作為原著漫畫的忠實擁躉，對於漫畫改篇成電影這回事是矛盾的，一方面希望拍出來可以忠於原著，但又明知要把幾十集漫畫的大量劇情濃縮成兩小時之內的電影，刪減人物和情節是少不免的，雖然如此，當每一格漫畫都植入了心臟，難免會調適不過來，心裏總覺得滿不自在。

觀看之前，銀幕上出現下期放映的預告片，是《哈利波特外傳——怪獸與牠們的產地》。柳樂自自然然又想起了普普，就算他也打算看那套新戲，卻斷不會想去找她一同看了。

柳樂只會因應某些遇到的事情，又再逼使自己面對普普多一點。

不過，現在想起普普，中間已沒有需要抱怨的成分了，就像看一套手塚治虫的大師級漫畫一樣，已不必帶任何批判性，只要衷心的欣賞。

跟普普分開了幾個月，她也逐漸演變成一套他看過後念念不忘的經典漫畫。

*****

一個反常地暖和的周末黃昏，當柳樂去深水埗逛電腦商場，順利地買到了他在荃灣找不到的電腦軟件，逛得累了，他想找個地方坐下歇歇，就想到去漫畫書坊。到了他只踏足過兩次的深水埗分店，當他一心想追那套《Tsubasa 翼》，卻發現書架上只有第一集和第二集，繼後的集數卻不翼而飛，只留下了第十一集，書架上留下了一個很大的空隙。

「我想請問一下，第二集以後的集數在哪裏？」他走到櫃台前問。

「我記得剛才整理時，明明也在書架上。」

「是不是有人外租了？」

店員替他查一下電腦，「沒有紀錄，應該不是。」

「那太明顯了，也就是說有一個人在店內拿了八本。」柳樂最討厭的就是這種毫無公德的人，「明明規定一次只能拿三本！」

店員無奈的站起身來，「我替你去看看。」

「不用，我親自去問那仁兄『借』就可以了。」

店員聽到他這話就微笑了，「好啊。」

柳樂巡查書坊店內每個私人卡座，當走到一個非常隱蔽的角落，看到一疊《Tsubasa翼》放在桌上，他哼了一聲，便繞過去看到藏在卡座後的人，準備跟人理論一下。

那人見到有個身影遮蓋着天花板上的光線，也抬起眼來。

兩人的視線，同時碰上了。

然後，兩人怔了三秒？五秒？十秒？只知道彼此都像自動啟動了身上的「微笑感應掣」，自然而然地笑了。

「妳為什麼來了？」

「是你帶我來漫畫書坊，你忘了嗎？」

「全港有那麼多分店，妳居然給我逮個正着了！」

「那是因為，你替我辦了會員證，我才可以在任何分店出現啊！」

「我以為妳不會再來了，反正妳也不是很喜歡漫畫。」

「我喜歡喝可樂。」她指指桌上的兩罐可口可樂微笑了，「我也愛上看漫畫了啊。」

「是嗎？」柳樂隨口問一句：「妳最近看了什麼漫畫？」

普普如數家珍的説：

「龍珠、高達、三國志、Touch、全職獵人、神風怪盜貞德、幽遊白眼、男兒當入樽、浪客劍心、棋魂、愛似百匯、聖鬥士星矢、電影少女、美少女戰士、娛樂金魚眼、少年熱血、火影忍者、將太的壽司、網球王子、聖石小子、犬夜叉、Zetman、偵探學園Q、少女情懷、Cardcaptor 櫻、星河滿月、生肖奇緣、植木的法則、紳士同盟、最遊記、One Piece、鋼之鍊金術師、天上天下、死神 Bleach、Nana、日式麵包王、Chobits、多啦 A 夢、Keroro 軍曹、蠟筆小新、金田一。還有……」

柳樂張大了嘴巴，「還有？」

「也差不多了。」

「已經太多了。」他讚歎地說：「妳看漫畫的速度跟我一樣快！」

「應該已經超越你了。」

「那麼，你應該是活在柳樂星球了。」

「嗯？」普普露出一副不明白的表情。

柳樂知道自己脫口說了傻話，他揮了揮手，向她笑着解釋：「我妹妹說，我狂吃星洲炒米，好像活在普普星球上。那麼，妳常常也看漫畫，也像活在柳樂星球上了。」

「那個形容好奇怪哦。」

「就是嘛。」

兩人就這樣微笑了，卻找不到可續的話了，開始有點尷尬地笑。就在這個時候，店員遠看以為出了什麼亂子，走過來調停，請示普普：「小姐，店子規定每套漫畫只可取其中三冊，請問妳可先給這位先生——」

「對不起。」普普有點尷尬的把書交到店員手中，店員便把其中三冊交給柳樂了，柳樂變得更不好意思，向兩人道謝過後，便返回自己座位。

眼睛盯着漫畫，一顆心卻心不在焉，一想到他跟普普也身在同一個地方，手中的漫畫甚至有着她剛握着的餘溫，柳樂整個人不知所措起來。

這時候，普普走到他卡位前，他以為她來逗他說話，她卻說：「我先走啦。」

「有約會啊？」

「不，答應了母親要回家吃飯。」

「哦，是這樣啊……那拜拜囉。」

「拜拜。」

坐得接近櫃台的柳樂，目送着普普結賬離開，她臨出門前向他再點了點頭，他也向她努力微笑，她便推門走出店了。

柳樂整個人頹然下來，他再揭了兩頁漫畫，已經看不下去了。瞄瞄賬單，自己走進來只是短短五分鐘而已，連飲品也未拿呢。最低消費是頭一個小時，但他怎樣捱得過剩下來的五十五分鐘呢？

想到這裏，他真覺得是妹妹口中的那個大白痴！他執起賬單，馬上去結了賬，店員向他露出古怪的神情，他也解釋不來了，火速離開了。

走出了大街，根本不知從那裏可找到普普，他想了一下，就跑往最接近的地鐵站口，這不是什麼機會率，而是 100% 或 0% 的機遇。

當他入了閘，連奔帶跑衝到月台，發現普普就這樣靜靜坐在一張長椅上，彷彿就像初相識時遇見她那樣。

他喘着氣的走上前，重重的癱坐到她身邊，一邊仍喘着氣。

普普目瞪口呆的看着他，他只有說：「我也回家吃飯。」

「柴灣線那邊剛走了一班車。」

柳樂看看通告牌，荃灣線那邊的列車在一分鐘後就會抵達。

一分鐘，他有一萬句話怎開口好？

「對啊。」

「什麼？」

「海運大廈天台『中國平安』變了『中國人壽』，你知道嗎？」

他奇怪地反問：「妳怎樣知道的？」

「沒什麼，有一次坐巴士在東區走廊看到了。」

嗯，柳樂沒看到她留在牆上的字。

前陣子一連數天的下雨，應該什麼都沒了。

兩人在一刻無話，柳樂努力的去想話題，終於想到一件事。

他笑了笑，「如今想來，我們那時候是註定要在一起的。」

「為何這樣說？」

「如果我能夠說出一個，早已在我倆認識前便有的共通點，妳就相信了？」

「好啊。」她開始期待着什麼。

「『荃灣』和『柴灣』的筆劃，原來是一樣的！」

那是他某次呆看着路線表時的驚世大發現，感覺極度震憾。

普普的腦筋一下轉不過來，只是哦了一聲回應。

荃灣線的列車抵站了，車速慢了下來。

普普站起來，吸了一口氣才說：「我的車來了，拜拜。」

「拜拜。」柳樂沒站起來。

普普走進車廂，便找了個背着月台的座位坐下，她全身都冒着汗。

她忽然想起了，在兩個多月前，她告訴了跟她和好如初的郭泡沫，柳樂在牆上留字的事。她說：「我想，我應該找回他的。」

「可是——」郭泡沫太清楚普普的說話方式了。

「可是，我和他真的能夠做到嗎？」

「做到什麼？」

「他說的：沒有遺留的、一切重歸於零的，並非重修舊好的重新開始過。」

「所以——」郭泡沫說。

「所以，我不能找他。」普普憂愁的微笑起來，「我在等。」

「等？」

「**我在等的，是對方不約而同找到的自己。**」

目送着普普坐進車廂內，而另一邊月台的列車也即將抵站了，柳樂想用這個理由，讓自己轉過身子，背向即將要把她載走的列車。

但當聽到廣播說：「列車即將開出，請勿靠近車門——」

柳樂用力咬咬牙，毅然轉了身子，正要跑進她的列車。

可是，他正好碰上了也是毅然站起來，正要跑出列車的普普。

兩人在車門前迎頭一呆，反而雙雙煞下了腳步，門就在中間合上了，分開了奔向彼此的兩人。

兩人都用一種哭笑不得的表情看着對方，兩個人都好像有很多很多的話想互訴。

就在這時候，遠遠幾個車卡之外，有一位自由行的同胞，手上那個LV手挽袋給車門夾住了，車門只得再度打開。在車廂內外的普普和柳樂，突如其來得到重生機會，卻又誰都不敢跨出那一步。

「我想問一句。」柳樂把握最後機會說。

「什麼？」

「妳生日那天晚上，十一時五十九分，是不是打了個沒來電顯示的電話給我？」那時候，他正跟妹妹在公園走石春路，忘了帶電話。

「我沒有。」她不知怎的就撒了謊。

「哦，是啊。」他無望了。

此時，發出「請勿靠近車門」的廣播了。

這是最後的機會嗎？不，這一定是上天安排的最後機會了。

她抬起眼直視他，「我沒有⋯⋯公開我的來電號碼。」

車門緩緩合上，一個普普從沒想過的情形發生了，柳樂一手抓住她的手臂，把她從窄窄的門縫中拉出了車廂，由於衝力很大，她便借勢跌進他懷抱裏去。

車門一秒不差的在她身後關上，列車開走，月台上回復平靜。

他把她緊緊抱在懷內，差點讓她窒息，讓她以為自己可以在他懷中死去。在同一刻，她像死後上了天堂。

「普普。」

「嗯。」

「普普。」

「嗯？」

「我可以一直的一直的叫妳的名字嗎。」

「嗯。」

「還好世上有了妳的存在。」

「嗯？」

「還好我也並沒有消失。」

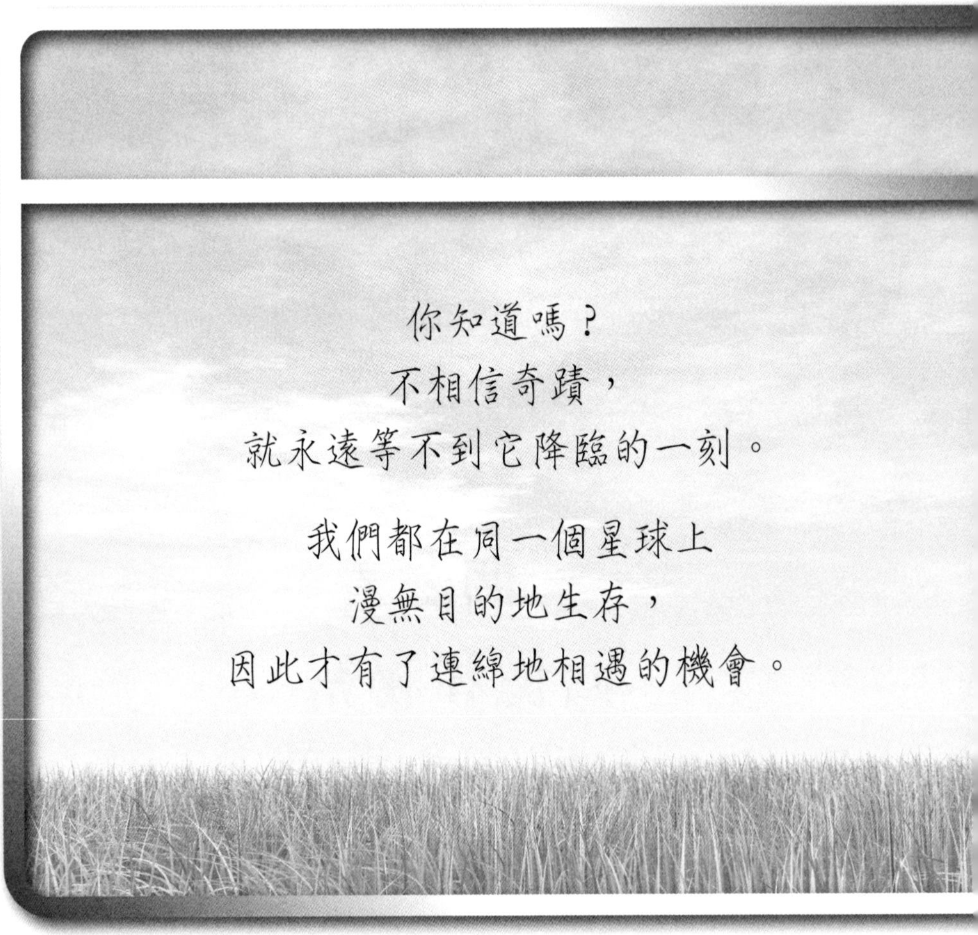

你知道嗎？
不相信奇蹟，
就永遠等不到它降臨的一刻。

我們都在同一個星球上
漫無目的地生存，
因此才有了連綿地相遇的機會。

後記

一個藏着
回憶和秘密
的地方，造就
這個故事

我討厭別人干涉我的私生活，但我還是可以向大家公開一個小小的秘密。男主角一有不開心便會走到海運大廈天台，其實是我維持多年的習慣。

就算到現在，每當我失意、萬念俱灰、覺得生不如死等……我還是會獨個兒走到那裏，靜靜遙望天星碼頭和一整個維多利亞港。那裏真是一個人喝啤酒、抽煙、想東西以及發毒誓的好地方。

既然都說了那麼多，就不怕透露多一點。在那個 Fb、IG 和網上 Blog 等還未普及的年代，我真的試過把一整篇愛的宣言寫在天台的牆壁上（但願替我辛勞清洗牆壁的工人，沒看到這一篇）。可是，那女孩是誰呢？如今的我就算把腦袋像吃雪糕杯吃到杯底般猛挖，還是什麼都掏不出來，我已經無法想起那個女孩是誰了。

人生就是這樣吧，時間會過去的，人也會過去的。就連深愛一個人的感覺也會過去的吧。尤其像我這種善忘的人，通常要遺忘最重要的人和事，遺忘的程度也是病態地恐怖，就好像從沒遇見那個人，從沒遭到那件事一樣。因此，我確信必需依靠外來的幫助，讓自己記起忘記要記起的事物。

——海運大廈的天台，就是一直能敲響我記憶的鬧鐘。

如今想來，就算牆壁上的字跡早已被磨滅，那個女孩也一早在我的世界裏失蹤，但歷史不可能被篡改，當時的我對當時的她那種喜愛，是千真萬確的。

說到這裏，我大概能夠解答自己，我寫在牆壁上的那個女孩是誰了，她的名字已不再重要了，重要的是，她是一個令我發覺到自己也很重要的人。

萬一——我是指萬一——有那麼的一個機緣，我和她在海運大廈天台碰見了（我不知道她那一刻的心情，但我肯定在極度失意之中吧）我答應自己，我會請她喝一瓶恍如北極熊從挪威冷岸羣島的海底撈上來，再請小叮噹用隨意門速遞到我手裏的冰凍啤酒。「咚」、「咚」的兩個啤酒瓶互相碰擊，是世上其中一種最能安慰人的聲音。

當然，那是我一廂情願的美好幻想而已。但由於有了海運大廈天台，有了寫給她的一壁心事，我想到了《再見，另一端的你》這故事。

不知道你喜歡這故事嗎？由於有超過七十巴仙的真實，我太喜歡這個故事了。

再見，另一端的你

作者：梁望峯
出版經理：林瑞芳
責任編輯：鄭樂婷
文稿協力：林碧琪 Key　陳毅琦
美術及封面設計：BeHi The Scene
封面插畫：Daisy
出版：明窗出版社
發行：明報出版社有限公司
香港柴灣嘉業街 18 號
明報工業中心 A 座 15 樓
電話：2595 3215
傳真：2898 2646
網址：http://books.mingpao.com/
電子郵箱：mpp@mingpao.com
版次：二〇一八年七月初版
ISBN：978-988-8525-20-1
承印：亨泰印刷製本有限公司